願我今世，終有一日，得以解結。
解我名字，亦解你名字。

# 還不是我的時代

方子齊

# Metameric

寫作者／編輯　蕭詒徽

人類是三色視覺動物。意思是，我們擁有三種類型的視錐細胞，分別感應藍、綠、紅色，並藉此感知由它們所構成的一切顏色。

所以，紅綠色盲矯正眼鏡的原理是這樣的：鏡片濾除紅綠色光譜之間一部分重疊的波段，讓射進眼睛裡的紅綠色光對比加劇，使色盲患者的紅綠視錐細胞得以因為程度更大的差異來分辨兩者。

上述說明並非為了與書中的一篇〈色盲〉呼應，而是為了展示我們有多麼容易落入一種多數決的敘事之中——爲什麼是「色盲矯正眼鏡」？因爲多數人可以分辨紅綠，所以不能者需要矯正；再往上一點，爲什麼「人類是三色視覺動物」？因爲多數人的三種視錐細胞都能有所區別地自然運作。以多數人的自然運作代言全人類，這是概念建立時的盲點，一種溝通上的權宜之計，其實無可厚非。

我知道多數人，包括我，閱讀前兩段時並不會思及這種敘事的危險，遑論在意。然而，子齊恰恰是會的那種人。無論思及，或者在意。

不幸的是世界將永遠分爲多數與少數。而身爲多數人的特權，是可以隨時而從容地動用統計數字上所謂「常態」來輔佐關於自身的敘事。這份從容，多數時候來自於一種「不知」——並不是無知，而是「不需要知道，所以不知道」的，占盡優勢的天真——我以此理解《還不是我的時代》這個書名，它與「我」已經多麼成熟、多麼懂得無關，而是指在此刻「我」與「我的同類」都仍是少數。

誰是「我」的同類？如果必須分類，這部作品無疑是同志文學。但我特別喜歡子齊將看似與性傾向處境無關的職場書寫放在全書輯一。看似無關，其實作爲新聞工作者時他關注被報導者中的少數、同時對媒體「必須」取用所謂「多數人的語境」來進行「溝通」的這份質疑，其透露的敍事者性格已經幽微地暗示輯一之後的同志書寫，並成功地在此之上，建立了一個十分帶有個人特徵的作者形象：一個不太擅長「辨識」，或者說，對自身的辨識能力感到沒有自信的人。

無論是不是眞的色盲，子齊常常懷疑自己是色盲。在任何一件事情上。

有些人會想像同志身上帶有敏銳發現同類的感知能力，彷彿其他人才是色盲而他們擁有眼鏡；《還不是我的時代》裡的敍事者卻永遠處在辨識結果將明未明的邊界。於是，在摸索性格建立歷程的輯二「青春的死法」與瞄準性向處境的輯三「愛如此孤獨」，我們常常可以看到敍事者將某個對象誤認爲同類、並在發現結果錯誤之後對自己的一廂情願感到悵然與厭棄，並繼續維持沉默。這與以往被普遍描述的

「異男忘」有所不同——常見的異男忘敘事裡，同志是對整體情況相對全知的一方，早已知道對方是異男，知道自己抒情的悲劇性建立在明知不能而行之的眞摯之上。但在《還不是我的時代》裡，敘事者卻完全沒有這種全知，他並不知道對方「是不是」，但在明確知道以前就預設對方是、並因此投注感情。

理解這點後回頭來看輯一「還不是我的時代」，身爲寫作者與編輯的我便會讚歎其編排：子齊在職場中的「辨之難」，原來建構於自己的同志成長經驗；而在順序上將果之職場書寫放在因之同志書寫之前，讓作者自身對分辨的遲疑，擴張成讀者分辨這部作品的延遲。這種逆向發現的過程，構成了這本書的閱讀體驗，同時也讓這本書成爲對讀者的試紙：你是看得懂的這一邊，還是看不懂的那一邊？

部分看似流水帳的篇章，一旦戴上眼鏡，就忽然看懂玄機。這樣的趣味不只在情節上，也在筆法上——你會在字裡行間忽然遇見老老實實地打出來，遇見是電是光是唯一的神話，甚至遇見「我深知板塊／卻迷信雨」——看得懂就看得懂，不懂就不，我只能說公關書應該要寄一本給炎P，只可惜美江已經先走。

相對於散體，書中收錄的詩作比較敢於抒情，或許因為作者覺得詩本身的隱晦保護著自己，也可能因為知道詩不太會被讀者當成「正解」，而得以拋下對斷言的猶豫。順序愈後面的詩作程度愈好，我傾向認為這是子齊與編輯的有意編排，讓讀者能從生澀到純熟走一趟，也像是跟著作者自己一路的學習軌跡。

最後一輯「親愛的狐狸」的體裁與筆法，甚至一部分以軍營為背景的描述，很容易就讓人聯想到同樣出身自雄中的學長林達陽的作品《慢情書》。但放在上述的脈絡下閱讀，讀到全輯最後一篇提及離別，你會知道這份離別的意義非常不同：同樣是失去重要他人，但多數人的離別，是處於可以明確知道潛在的下一個重要他人的群體在哪裡、範圍在哪裡的狀態。但對辨識困難的子齊來說，離別意味的是拋廢了一次好不容易成功確定的辨識。

下一個他能夠辨識的人在哪裡？他無法確定。一切都要重來，甚至不知道還有沒有機會。他不只是和這個人分開，他是再次回到了色盲的狀態——容我又用這樣危險的說法比喻。

其實，如果和其他動物相比，全人類本就都是色盲。就算是健康的、分辨三色的眼睛，人們依然無法分辨同色異譜色（metamers）——構成光譜不同、但在人眼看來卻相同的顏色——我們無法分辨由紅光與綠光疊合的黃、和本來就是黃色的光之間的區別。上述說明，並非爲了首尾對稱，而是爲了展示這本書亦不只是只有同類才能讀得啟發的作品，而是所有人——所有嘗試捉摸自己與他人的尺度卻時常磕碰、雷達失準、辨色困難之人——《還不是我的時代》屬於這樣的人，而它並未試圖矯正你，只是認出了你。

# 已經是你的時代

詩人　羅毓嘉

這是子齊的青春之書——初出社會沒幾年的時間，正在經歷現實與理想的洗禮，信念依然熾熱，可因爲碰觸到的現實世界如此赤裸而不堪，他自問「這還不是我的時代」。當然，我們都會經這麼想，這個世界這個時代都是「他們」的。都是「那些大人的」。我們被認爲對現實運作一無所知，我們被貼上「天眞」的標籤。

像子齊的自況：「寬鬆世代，八年級生，九〇後，社會給予我們的統稱。」

然而八年級生，九〇後，正當要邁入三十歲的年紀，依然滿腔熱血想要爲這個世界「做點什麼」，卻發現很多時候，他們連自己都無法拯救。

沒關係的——我很想這樣對子齊說，我們也是。不管在哪個年紀，我們都對自己所處的世界感到無能爲力。卻也因爲這樣的無能爲力，我們擁有建造的力氣。我們摧毀舊的，建立新的。修正應該毀棄的。而子齊這麼寫：「他們建造的時候，聽起來就像摧毀。」

當然。

子齊的記者之眼，文學之眼。使他對世界形成了獨特的觀點，那可以是批判的，「你想保護你的國家，可當你生病，國家要你離開。他們隔離你的餐具，在你無助的話語裡沾染惡意。你年輕，你愛你的國家，然後國家把你拋棄。」可以是抒情的，「就這樣向前開著，但來時的路樹，已經老了。我看得出來他們的姿態不再熱烈，沒有夾道歡迎，只在夜色中力盡所知的義務，無有認知繼續活著，把生存過成生活。」

這是我們寫作者全部的宿命嗎——我們總是在問著，「文學到底可以做什麼？」

它只能是革命或社會運動號召的檄文嗎？是不是我們的能力還不足以透過文學去論辯，或思索社會主義。不足以讓我們在需要改變的時候推動任何的改變？

在一個風起雲湧的時代，寫作者到底可以做什麼？

子齊有這樣的疑問。我也有。但我想對子齊說的是——我後來就接受了這件事，文學並沒有比較高尚，它只是一個媒介。如果有一部文學作品之所以能夠偉大，必須是因爲它所承載那個時代所獨有的痛苦。但反過來說如果要讓一部作品這麼偉大，也是因爲它承載了這些苦痛。

像子齊寫的，「記者是這麼好的職業，你能夠提問，並且得到答案。」你的文學承擔了這些問題，並因此得以前進。

無論子齊希望或者不希望——這已經是他和他同代人的時代了。每一個我們都在逐漸成爲「社會的一分子」，當「一分子」是這麼簡單的事情：希望有個救世主來幫你的生活做決定，領著一個還可以的薪水，發胖、睡覺跟上班。每天眼睛睜開就是上班，上完班想說累得跟狗一樣，就犒賞一下自己。

每天上班等下班，禮拜一等禮拜五，月初等月底的薪水，一年就過了，在這種物質無虞的地獄裡，日子就這樣一天一天過了。

你會甘於成爲這樣的大人嗎？

我相信子齊不會——歷史沒有倘若，但是未來有。子齊想要改變自己的未來，讓時代成爲他的時代，從這本書，他就已經開始了。

# 目次 CONTENTS

## ② 青春的死法

## ③ 愛如此孤獨

## ④ 親愛的狐狸



## ∅ 後記

# 1 ▶

# 還不是我的時代

# 還不是我的時代

所以，我們到底有沒有成爲自己想成爲的人呢？那個時代慷慨，大路上的強風都不存在，任誰都以爲這時的志願就是電就是光，是唯一的神話。埋葬的時光膠囊還在消化，還沒開箱——嗯，溫和的藥就製成藥丸，強烈的就製成膠囊，才不礙胃。把夢想裝進膠囊的意思大概是，你們這批很純的幻想，是太純了一點。

時光膠囊裡面我大概是寫，你大概已經考上政大新聞系，要當記者囉。那時參加了若干人文社會科學的營隊或競賽，自以爲早慧地寫些什麼，爲遙遠的苦難而疼痛著。世界在胸膛展開，在體制裡反叛，那時嗜讀詩，在教室外的樹下念〈大馬士革〉。

當學運在台北展開，我們每天翻看動態，或乾瞪著直播。那時以爲錯過整個時代，我總想著有天當了記者，就要站在歷史面前，見證一切。我記得後來幾年，高中的校際文學獎接連出現以台北街頭爲舞台、以社會運動爲主題的小說，私以爲那是一種集體的焦慮，好像袖手旁觀了歷史。

在通訊社實習的夏天，某天我跟完上午在立法院的採訪，特意沿著圍牆在那些街道上打轉。立法院休會，青島，濟南，過往在搖晃的直播上看見的街道如今就在腳下，與其他道路無異。鐵籬是不是加高了？沒有任何標語的痕跡，而政治繼續運行。後來才知道，原來自己不是錯過時代，而就只是不在台北。

## Not Today. You Have to Dive.

二〇一八年七月，泰國少年足球隊受困積水洞穴九天，終於被搜救人員尋獲，奇蹟生還。少年詢問何時能離開洞穴，身穿潛水裝的搜救人員回答：「不，不是今天，你們必須潛水離開。」

不，還不是今天。你得自己來，是你自己選擇來場冒險，你得自己學著潛水。

我在通訊社的電腦系統讀到這篇外電，像是什麼神諭。在通訊社實習的第一個單位是編譯組，牆上電視頻道停在CNN，某天我發現一整個下午的節目都在罵川普。或許這就是我的時代，戰火未平，苦難仍在，舊時的紛爭釀成新的砲彈。

譯者有譯者的侷限，分娩了那麼多字，卻都不屬於自己。無法決定面貌，無法決定之前與之後的故事，但能命名，但能找一種適宜的解釋。我喜歡不合時宜的「外電」二字，系統上的等寬字型像是錯置了打字機時代，這星球上的荒謬與病痛吃電傳來。我翻譯著，像天線寶寶用腹肚裡的辭海說故事，組合電訊，可輪廓都不是自己的。

多數時候是這樣，故事離得再近，與自己無關就無人在乎。所以人們距離故事更遠還是更近了？轟炸大馬士革的地道，排除洛興雅人的聚落，這些故事冠上異國的名稱，倒像是傳說，持續無聲上演的劇集。

太遠了，如果每日晨起閱讀這些傷亡而無法救贖，不如將太遠的故事繼續放在外面。

那麼，新聞眞能改變什麼嗎？那麼當記者又爲了什麼，人不都必須自己潛水。

後來我沒考上新聞系，留在南方讀台灣文學。畢業前一晚爬進同一扇窗玩仙女棒的那班人裡，想讀商管的考上法律，考上國貿的轉進傳播，當初放棄醫學的，休學重考讀了醫學。後來才眞正明白，大學志願從來就不是自己的另一個名字，從來沒有什麼能阻止自己變成自己。

或許是文學專業背景，又或是文學獎的經歷，我輾轉爲不同雜誌撰寫軟性採訪報導。爲此我有幸重新認識我熟悉的家鄉，我騎著機車前往市鎭的角落，拜訪人們的生活，聽一個個故事。每當撥通電話、輸入訊息準備約訪，我總苦思該如何措辭，表明自己的身分。

「那個，我在幫他們寫稿，我是負責採訪的人。」

「喔，你是記者喔？」

「對對對，我是記者。」

我總是先表明志向，身邊好友才忍住不說那句話——小時不讀書，長大當記者。每過一段時間，網路上又會流傳嘲諷記者報導失誤的圖片，例如用溫度計插進積雪測量深度，或是問戴眼鏡的小學生有沒有近視。我也跟著笑過，但打探了記者的工時與工資忍不住怨懟，當大衆持續以爲知識與訊息都是免費，那又怎能期待免費的新聞多麼營養。

當被稱爲記者，或自稱記者，我總覺得冒充了什麼，頓時以所有新聞倫理規範限制自己，小心翼翼。受訪者出於禮貌請我喝了咖啡，我煩惱一整天；受訪者表示非常喜歡我寫的報導，我重讀文章反省自己是不是有所偏袒。一切擔憂不過出於記者二字，夢想以一種彎曲的途徑降臨，可不能弄破了。

## 許願繩

我開始跟著前輩出外跑新聞。行政院、外交部、經濟部，或者幾間豪華飯店的宴會廳，靠近權力的地方就有新聞，誰監督誰，誰利用誰。過去權力只是我腦中的抽象概念，是法規條文，是官方網站，如今我搭上捷運，就這樣走進這些建築，眼見規章與話語就從這裡產生。在台北，我像是第一次觸摸到國家。

在某個政黨的中央黨部，有天我採訪一場批評選舉對手的記者會。候選人的競選辦公室主任與政黨發言人先是平和的打招呼，兩人坐定以後宣布記者會開始，停頓了幾秒鐘，突然提高聲調，表情嚴厲，對著攝影機譴責選舉對手。記者會最後，兩人彆扭地揮拳高喊：「×××, your game is over!」

就在兩人整理西裝站起身的瞬間，我看見他們忍不住笑了出來。

另一天是一場小型抗爭，原以爲會有許多衝突，到了現場發覺更像是簡單的陳情。那天烈日，喊完口號的農民躲到人行道的樹蔭，前輩俐落地訪問完抗爭團體的代表，以及接受陳情的官員，交換名片，簡單觀察現場就迅速回頭寫稿。我留在現場試圖多問點什麼，一些農民不願多談，一些則講述自己的擔憂。

我花了大把時間試圖引出一些悲憤的言論，採訪結束時卻見前輩的稿子早已發出，清晰整理論述。我比對了我和前輩的稿子，若說眞要影響公共政策，那些我想像中激情的勾引，不過只是濫情。我到底在想些什麼？我以爲我該站在雞蛋那一方而鄙視高牆，結果卻是展露了自己的愚昧。

有天上午我跟著外交部的前輩採訪例行記者會，只見當天的記者會調動場地又不斷推遲，又見立法委員在臉書上曖昧暗示外交局勢生變。事有蹊蹺，前輩趕緊回報編輯台，中華民國與薩爾瓦多將要斷交。

外交部正門有一排友邦的國旗，通常在這類斷交記者會舉行期間，會同時撤下該國國旗。我從記者室奪門而出，差點撞倒一位職員，拍到了薩爾瓦多國旗的最後身影。等到記者會結束，急忙回傳照片時，才知道同社的攝影記者前輩早已趕到現場拍攝，自然用不上實習生的作品。

記得進入通訊社實習的第一天，人事室發給每個實習生一張辦公室的電梯卡與識別證套。我把自己的名片也放在識別證裡，外出採訪也總把識別證掛在胸前。某天從採訪現場離開，我的掛繩就斷了。

總說許願繩斷了，願望就會實現，可我忘了我許下什麼。

那天稍晚，各家媒體記者前往同一條大道上的總統府，等待總統中午的演說。我留在外交部的餐廳，一個人聽著整點廣播，報導斷交的消息。這不就是見證歷史嗎？過去曾經以爲錯過時代，想著要親眼見證歷史，後來我來到這裡。這就是見證歷史嗎？時代來到我的面前，卻還輪不到我上場。

這還不是我的時代。我必須學會潛水。

# 時間簡史

進入電視台的第一天，瀏覽器怎樣也登不進公司的影音系統。找不到帶子，又不知寫稿的方向，截稿前只寫好幾行字。

隔壁的前輩催促著，問我還要幾分鐘才能完成。我說十分鐘，她狠狠直說太慢了，便抓來我的稿件，手把手把我堆起的積木，穩穩扎扎打成鋼筋。政策的數目字寫不清楚，前輩搜出外媒報導比對，直接填上。

我通篇被念了一頓，但最記得她指著編輯室牆上的電子鐘，一秒一秒數著。主管審稿，旁白過音，剪接後製，稿頭、下標、接著又是審稿，「你這樣怎麼來得及？」

腦後監看外電的聲響迴盪半晌，又被拉回寫稿系統的視窗。

截稿前夕，事發地官方又發布新的防疫政策。前輩看了看手機推播，塞不進報導，只好寫進主播稿。急忙交稿過後，我等著副控室的排播倒數，第一次看見自己的新聞，上了電視。

跟著電視左下角的時間，活在當下，跟著世界脈動，沒有時差。這就是日本電影《空難風暴》裡頭所言的「Climber's High」嗎？攀上高峰當下，才能感受到的感受。活著，而不只是機械式訓練的寫稿機器。

當生活的每一天被切割成「上二下二」，上午、下午各兩節新聞，最低要求是準時播出。每個故事都是活生生的複雜事件，交到手裡，卻成了必須快速抓取的短篇小說。畫面要香豔，故事要跌宕。因爲所以，動機明確，甚至讓誰成了好人或壞人。

但某些時機，眞切重要的報導，能夠讓人循著落葉的軌跡，檢討結構之惡。從縫隙裡頭引進陽光的感覺，深深感受自己活著，在快速閃爍、短短一分半鐘的電訊裡頭，問心無愧。

## 看電視

但可不是交稿了，就能閒著。前輩吩咐我看好播出內容正確。我戴上耳機，打開幾秒時差的網路直播，確認新聞標題、字幕、畫面無誤。這是我第一次這樣看電視，以檢核報導成果的眼光，不再只是觀眾，我成了報導的作者。

往後在各節新聞段落，政治、生活、社會——偶然能夠看見一群群還沒脫下採訪套裝的年輕記者，簇擁抬頭看著電視畫面，神情帶點緊張和自豪。等待旁白念出台呼和記者掛名，才終於鬆一口氣，相視而笑。

我看著他們看電視，我沒想過，我自己會在這裡。會在這裡這樣看著電視。從小只愛看新聞勝過卡通的電視兒童，曾經近距離看著電視螢幕上的綠藍紅三種色塊，想用雙眼望進電視鏡面，背後的世界。

從沒想過能來到這個世界，從背面看電視。不只前後左右環繞監看的外電畫面，每日工作也從看電視開始。外電傳來的暴動畫面，快速閱覽後記下時間碼，何處有爆炸聲響，何處誰人丟出汽油彈。掐出一個個秒數，短暫描述畫面，接著開始說故事。

## 咬一口

一九四九年以來最大的超級月亮，發生在我進入新聞台的第五天。

那天在編輯室留得晚了一些，外電通訊社整理了攝影師在各國景點前拍攝的超級月亮，主管吩咐我寫一段旁白，好讓主播在一邊念著，畫面一面播送超級月亮的景色。

我想起已經解散的樂團「HUSH!」那首〈天文特徵〉。二〇二〇過後，人們以為世界再也沒有奇觀。看著外電畫面上，全球各地的景點少有遊客賞月，大多是零零散散的路人。大城市的碼頭空蕩蕩，人們該是坐困家中。

那天我並沒有抬頭賞月。或許是知道還會有下一次超級月亮，儘管程度不及這一次。或許是知道月亮一直都在，只是這一晚，比較靠近一點了。

也或許是知道，這其實沒什麼。

比起集中營裡頭的暴行，或是遠方意外爆炸的烽火，這又有什麼呢。我搭上捷運返家，但心裡仍有眷念。眷念今日的報導，眷念稿件的編排，眷念翻譯的詞彙，能不能更好一點。

更好一點，更好一點。一天天逼著自己，是哪天終於疲乏了。新聞室少有讚美，大多是責備，就像新聞版面少有好消息，壞消息總是更多。只有有些時候，從繁複的外電畫面眼角被刺點鉤穿，方能深刻感覺自己活著。

自己活著，而遠方正在受苦。聽著逃出集中營的婦女，哭著敘述暴行，我好幾次咒罵了髒話，卻總忍著不關掉視窗而是打開更多分頁。我心想，這還只是編譯，如果有一天是我必須親眼見證他人之痛苦，我能畏懼嗎？

是以將那些刺點，最最眞誠、有時稍加煽動，咬進香豔鮮美的報導裡頭。咬一口，bite，便是電視新聞行話裡頭，引述內容的代稱。記者、或編譯如我，像是叼著獵物那樣，把珍稀之物啣至蚌殼裡頭。咬著苦痛，使之成爲珍珠。

## 眞實的印象

沒錯，那時候動情的我煽動了。錄製旁白時我放低嗓音，苦其所苦一樣，恨不得世界都跟著畏懼、乃至啜泣。那現在呢？譯者的底線何在，記者的底線何在。會不會我的不耐與急迫，使得報導過於灰暗，而難以入口。每一次動情，我總這樣想著。想著問題，而沒有答案。曾經聽著景仰的記者前輩，在演講裡頭說著：記者是這麼好的問題，你能夠提問，並且得到答案。

但我還沒能得到答案。隔著外電訊號的古舊電視螢幕，傳來令人納悶的獨裁惡行，我沒有答案，只有恨意。在人稱歷史的初稿上，每一位記者，都是這樣懷疑人生嗎？懷疑天地人間，以至於麻木不仁。

會不會因爲是眞實，所以沒有答案？虛構的故事有完結的一頁，世界卻要一直轉動下去，十秋萬世。一切因果，不是一世人生可以見得，而可幸且可悲的，我只有眞實。

用手掌拍打下的鍵盤，一字一句，老老實實打出來。在秒數與秒數之間，只能見得輪廓，卻不見得全貌。我把眞實交給時間，記下那些證詞。敲敲打打鐫刻出石板上一行字，一行由不得我控制，卻只由得我寫下的字。

# 錄音間獨白

我該如何安放我的指尖？如果它熱烈批判，卻無度尋索答案。如果它太過熱烈，燙傷了誰。遙遠國度的正義，是我的正義嗎？現在音響放送的泣訴，那人要的，又是誰的正義。

是誰決定誰的正義。我用誰的視角觀看、裁切，戳破了誰的家園。如果我的雙眼看了會痛，不得不伸手遮掩，再用力剝除防備。掂了鍵盤，我的手汗黏著按鈕，組織詞彙，刪去，再倒回，揀選更煽動的。我該如何安放我的熱烈，我的痛，我的疲憊。

該如何書寫，如果奧斯威辛過後，詩是野蠻。而攝影更像謊言。我備份檔案，離開錄音間，與我時差多時的那處，屠殺來不及轉播，趕不上晚間新聞。到了明天，積累淚水與怨怒，又有誰聽見。

歷史的初稿，我們潦草而小心翼翼，記下何處何地死了幾人。無人訴說的時候，只能告訴自己，這是歷史。有天人們會看，無聲看了，留在記憶裡頭。只能告訴自己，這比記憶還要強大一些，這是集體的故事，而你是說故事那人。

說故事的人，或許必須學會忍受。忍受指尖揍向空氣中的虛像，而有人還在苦難中無法安眠。忍受自己只是一個人，如此有限。卻也如此幸福，得以日日繼續說著。微波傳向島嶼另一端，甚至搭乘線纜，到了異邦。

總有人聽見吧？像隨機拋擲瓶中信。信中我甚至繪製插圖，繪製最好理解的故事版本，換了好幾種說法。我是如此用力拋擲，從指尖施力，手腕反覆練習，再到整隻右臂。

丟，丟向空中，向上，向著陰雨或藍天。故事在無重力的世界漂浮，有人點擊收看，就會即時降落。我吹皺湖水，擴散苦難，糅合論述，嘴裡吐出別人開的花。拼貼嫁接，最終碎成花瓣也無妨。

可拋擲過後我常感覺孤獨。我不能也無法大吼，因爲那不是最好的表達方式。我用力寫了又劃，說了又剪。我常感覺自己像輿圖室的愛好者，撫觸地球儀上山脈如海浪。撫弄地表，高速旋轉，一度迷失空中。以爲這就是世界。

抬頭望向新聞室牆上的電子鐘，我在座位上，才剛認識一處的苦難，就急著訴說。我努力說好，但有太多故事，只是巨象的局部。如果我得以伸手，卻永遠眼盲，麥克風收錄低鳴，我只能猜測我見過的形狀。

更多時候，我用雙腳踏過前人的腳印，反覆翻找辭典中，微小印刷的複雜片語。能指與所指相生相剋，我該相信哪個？崇拜巴別，崇拜菸草，與所有即將逸散失焦的事物。

崇拜死後但不崇拜死亡。我討厭血，急著求生的時候，偶爾因爲佳餚咬傷自己，像愚人一樣貪婪。我討厭鐵質含在嘴裡，吃起來像咬過鎖鏈。但血跡揮灑的時候，現實就地加冕成舞台。夠痛的練習，或犧牲獻祭，夠獵奇才夠勾出好奇。

開場得先有爆炸的聲響，還有槍擊。有人告訴我，故事的開場適合這些，必須是這些。我便像天天過年，蒐集街角的催淚彈殼。我著迷於劈里啪啦的聲響，念出故事的時候，輪流讓那些人們上場獨白。

我反省一切究竟合理與否，緊接著，又是新的一天。沒有任何時刻比此刻更加重要，時間曾經流過，你的故事棄你而去。日日夜夜這樣過下去。

你曾經立定跳遠，也就那麼遠。從這裡到那裡，你必須跑，一步一步。然後去數，去指認陌生的語言，猜測這還要多久。

再說一次，又一次，直到正確。聽了又聽，卻不見得是百分之百的意念。佚失的非語言，存活的錯別字。動用這些猜測，再說一次故事的因果。

告訴我，告訴我這場苦難的完結，我該走向哪個出口。我急於觀看新的論述，聽人解釋世界。並且讓人聽我解釋世界。儘管邊說邊疑惑著。

有更大的邪惡與良善嗎？在地底，還是肉眼感知不了的光波。是誰促成這些，如果有神，或沒有神。網狀的次元包庇了誰。不讓我平躺，不讓我做出完全虛構的幻境與幻滅。接近純潔卻難以抵達。我是水彩筆沾了過後，不可逆的髒水。

學會了質疑，會不會忘記信任？我向鏡子提問，而它不一定回答我。我想看著自己，凝視自己時候的眼神，卻只能看見自己的眼睛。我用食指試圖碰觸我自己，鏡子裡的那人卻也伸手，指向我，卻摸不著我。

薄薄的玻璃片隔開眞僞，不說哪邊是哪邊。我是眞的嗎？我又是眞的嗎？唇語相同，透明的字由左到右、由右到左，飄散時頻率漸弱，像符號上寫的一樣。要我安靜，我便安靜下來。

靜下來，怒火中燒，焚毀燃料核心，化成輻射穿越軀體。靈魂突變，變得乖戾。

柔韌而銳利，複雜且無趣。生命是電波，也是粒子，顫抖的速率怎樣才是健康安好？如果我不說，還會不會有人說呢。

世界的波段就這麼長了，你得用力喚醒聽不見的人們。你得大力拍肩，疾速呼叫，叫我的名字，叫你的名字。從指尖，按鈕，油墨噴頭，再到舌尖，試著一氣呵成，審查合宜的說法。合宜的語氣與口音，合宜無害。

假以華麗虛空的語言，假以聲東擊西的影像，還有無名未知的樂音。我讀出我的名字，數千數萬回，還是不免緊張。落款，在痛苦的城邦，在陌生草原。我全身像詩人一樣發熱，想告訴你，該是這樣的，卻只能隱晦。

# 獨唱

你睡了，不再屬於我
濱海小屋深鎖
今夜星光燦爛
傍晚草叢裡的甲蟲，是否已經抵達
豐美的森林？
曾經也想變得堅硬
帶有光澤

今夜我只想軟弱地活著
今夜星光燦爛
我們都沒能看見

此刻這片大陸
都是戰後的面容
你的瞳孔是海的顏色，我的是琥珀
你的眼睛
生來凝視死亡
該像水晶還是瓜果
嘿，你聽得見我說話嗎？
歌唱與地雷

對於你都只是震動
今夜我無法睡去
熾烈星光
爲什麼只是沉默

只能有一種方向的兵
向海，向所有可能的鬼
交換一樣的名字
你背著光回首看我的時候
身體某些部分逐漸透明
是因爲還有我嗎

複製的拼圖疊在一起
就不怕掉落線索，是嗎？
你不能比我更快老去
又比我更像自己
山路上的貝塚
今夜都已闔上
流過的血都被收納
如果你一生只懂一種語言
我該怎麼告訴你
只有我活過的世界

# 廣場

我們怎樣說起
光
那時翻著書
叨念理論
摁著胸口獨唱
穿上華服
穿上異國的教養

指責誰的脊髓不夠乾淨
肌膚不夠骯髒
革命早晨困在洗衣店裡
就這樣錯過時代
錯過強風，錯過傷

酒水之中熟悉我們
各自的術語
就在這裡解散吧
爬過縫隙，等待車廂搖晃
卡拉ＯＫ複誦悲情
擔憂

動物存亡
人行走的方向

每逢廣場般的陰天
就複習宣言
語彙喧天而理想
不過帶著歉疚
生活
帶著新的口音
新的髮型
很適合你
襯衫也是，比起以往更合身
更像你

# 空耳

我聽著自己說話，仔細聽著，想辨認出什麼。我的手指著鏡頭，還沒長齊的牙齒，眨眼又歪嘴，笑著說話。我聽了一次又一次，還是沒聽懂。

是父親拍攝的家庭錄影帶。我看了裡頭的自己，還有哥哥、姊姊，有時有母親。但沒有父親。他是拿攝影機的那個人。他是向時間盜取眼耳感官的賊，我們是贓物。

焦點所及，溜冰場跌倒的我們是眞，樂園迷走的我們是眞，鋼琴後的我，說著那句話，也是眞的。但眞的事情沒人記得。兩造最終說出相反的話，訴狀載明我們父子摔角賽的暱稱，爭奪撫養的權限。

眞實開出鮮豔之花，而後我習得鮮豔之物都有毒性。

○

父親換了一種口吻。我坐在暗處的沙發，拿著電視轉播車模型問他，攝影機裡頭的畫面，是如何傳到新聞節目上。而父親換了一種口吻。

他耐心告訴我電訊如何傳播，在熄燈的客廳，模型車的上空，父親指著虛構的人造衛星，再劃回另一處，關著的電視機上。

那時我是電視兒童，不著迷卡通，卻著迷新聞，五光十色，鮮豔誇張口吻，最駭人豔麗，是說書那人告訴你：「這都是眞的。」前後輪轉五十幾頻道，比較著什麼，又像翻看寰宇蒐奇百科全書。

我總和哥哥爭搶阿嬤家的電視，但新聞節目比起卡通更具有某種正當性。因爲是眞的嗎？我們盯著電視，直到他們兩人其一下班，先接我們回家。

我不諳世事但識字，識得模仿。識得用紙箱和杯子，還有老師報廢的講課用麥克風，自組採訪小組，下課期間處處堵人。我換了一種口吻，學著電視上的記者連線報導，處處眞實地虛構著。我並不知曉，有天我也將這樣說話。

○

總在剪接室轉角，瞥見訊號中心的監看畫面。有立法院的議場，有等待雪景的高山，還有我必須緊盯的外電畫面。

後來我拿起了眞的通電的麥克風，播報著眞的荒唐。印度男子絕食膜拜美國總統川普致死、跳傘奇人葬身阿拉伯沙漠這都還好，最惡毒莫過虛僞外交辭令，握手、展示、穿著西裝微笑，背地滅絕不夠純正的種族，還說那是恐怖主義。

我總對著剪輯師點頭，留下稿件，穿越整座新聞部的鍵盤打字聲響，返回座位。右前方一面電視牆上，正監看這世界傳來的訊號，無奇不有，每一塊方格都有主張，疲勞轟炸，就連轟炸也疲勞了。

是以自己放了長假，總不問國是，不問人間煙火。最終卻不敵慣習點開報導，翻查生澀的政治詞彙。陌生的外語築成同一方景框，過幾天，又是一方景框——誰又終於被看見。始知新聞並不報導眞實，新聞更像是生產眞實。

○

如果一種語言，只剩一人曉得，還算不算語言？

我翻出手機，問了好友，你覺得我在說什麼啊。他說，你說，快一點，後面我就聽不懂了。

我告訴二十幾年後的自己，快一點。快一點什麼？我沒說話，向後翻了一圈便跳走了。姊姊繼續彈琴。父親還是沒有說話。

他還是沒有說話。我們去聽法國鋼琴家音樂會的路上，我拿著相機，一路拍他。

我說了很多話，像豪取眼前珍稀的貝類，如此美麗。他在聽，卻不說話。我告訴他，我喜歡他，他不說話更久。後來他說，我們不要一起玩了。

然後我開始對著作業簿說話，靜默的吼吶編碼成詩，中了獎，上台受勳。

是這樣嗎？心有所愛的人，並不說話。

○

換了一種口吻，他們到房裡大聲說話。迷迷濛濛，像雨天的電視機，或收音機轉至AM，灰撲撲的新聞播報。有時我想聽懂，有時我更想成爲異邦的他者，不諳母語，不知天地崩塌、家道中落。

網路上聽不懂西班牙語的網友，把墨西哥的肥皂劇對接華語，硬是翻譯，是爲空耳。裡頭刺殺場景，女子竟喊葡萄，錯譯悲劇成爲鬧劇。

後來懂西班牙語的人，把肥皂劇的正確翻譯版放上網路，卻乏人問津。人們想笑，人們不想懂得。不想懂得眞實，何況虛構的眞實，甚或眞實的虛構。

一次外電傳來日本首相安倍晉三的畫面，日文文稿的英文翻譯卻怎樣也對不上秒數，最後是給日語編譯前輩聽了，才知道通訊社誤傳另一段訪問的文稿。

我差那麼一點，就要用英文譯稿，讓日本首相在電視上，說出完全無關的話語。

快一點。前輩催促我快點拿新的稿件到剪接室，用他寫給我的秒數剪輯。

我帶著稿件，快步越過晚間新聞開始前，各組熱烈拍打鍵盤的聲響。最終路過訊號中心，一回頭，瞥見每一面電視牆都放送著我在說話。

快一點，我說。

快過來一下，這是第二句話。向後翻了一圈便跳走了。姊姊繼續彈琴。

我愣在原地，沒有說話。

我看著我臉上映著我的笑臉，在螢幕上的光影，重播複又重播。快一點，時間早就成了佚失的言語，快過來一下。

# 疏開

夜晚的時候，乘車越過陸橋，街道暢通得像是電玩遊戲，或是賽博龐克蒸氣波，紫紅色的落日，像素化顫抖的車身。一切眞實宛若虛構。

首都成了空城，道路上少有人車，人們留待自家，才知道很多事情不是必須，卻那麼需要。但此際病毒已經蔓延開來，不可逆地流竄。一篇與又一篇外電之間，我瞥見電視空拍鏡頭飛越城市鬧區，人煙稀罕，要是景深再淺一點，那俯瞰的角度，幾乎像是模型玩具。

當日常成爲非常，寰宇奇觀最終落在自家。人們奔相在河道上走告，一切只會更糟。但街巷空蕩蕩，好似聽得見回音。像是夢境裡的眞空，聽得不清楚的樂音與話語。

我點開過去聽不懂的歌，外語一樣斷章取義，猜想密語一般的歌詞，但並不認眞。只想讓那聲音自動與記憶校準，閉上眼的某些瞬間可以回到那張書桌前，想及那時候的煩惱。想及那時候的想望。並不知道，現在的自己，是否符合自己的想像。

過去聽不懂的歌，現在依舊聽不懂。只不過年歲形成的時差，似乎總讓記憶中的旋律移調走音。重新搜索出那一首歌的名字，按鍵播放，往往比記憶中高亢一些。自己是自己遊牧的調音師，徒勞地一次次重播舊愛的歌曲，又一次次忘記。

這才知道自己沒有絕對音感，知道自己感官的侷限，一切都是相對。相對的喜愛，相對的厭惡。此際聽見久違的吉他和弦，我想及中學課堂上老師問我們，正義是相對的嗎？那時候窗外的世界那麼大，校舍再高，也不及最高的想望。

是知道自己無法飛翔的年紀了，但仍想攀高望遠。那時候學校最高的樓層，還看得見鐵軌，看得見對面的陸橋。一條條軌道從城市的心臟，向著四面八方伸展，以爲自己最熱切的探望也能那樣，想走到哪，就走到哪。

我想調閱那時候高樓上的監視影帶，看看我帶著怎樣的愁容，到高處眺望，想得到答案。我現在得到答案了嗎？現在是更懂得安全地說話了，不傷害人，不讓自己落下可傷害的把柄。

「某種程度上，是的。」這樣安全的答案，究竟是怎樣的程度呢？懂得更多，就有更多的疑惑，只不過現在更懂得假裝不在意，鮮少提問了。以爲自己逃離校園，來到城市活成夢想，只不過更能夠自己試誤，擦撞出似懂非懂的答案。

以前我不喜歡標準答案，認爲一切都是相對，現在我渴望良善的基準，告訴我對與錯，該與不該。但我勢必又將挑戰一切，反覆思索，攻破說詞。在語言的叢林裡游擊，該是疏開到屋裡，卻迷失林中。只聽見空中喧囂的寂靜飛過，無聲轟炸，我還在敲擊字母。

# 更好的生活

很不真實的夜晚，一切失落、停滯下來。不是全然灰心那種，而是清醒了卻又停下來；是不小心在傍晚睡著以後，那天的深夜，之於睡眠的距離。

今晚感受到生命，脆弱與醜惡，卻又感覺堅韌。不知道在什麼時候答應了，答應自己會活下去到老。房間看得見天色，落入深深的湛藍裡，我放著音樂，在床上躺著。

像是北上客運穿過青蔥樹木，沿公路輕輕轉彎，窗外向後逝去，車上只一人清醒聽歌。感覺疲憊，一切停滯，但被推向前了。繼續活在未來的記憶之中，繼續活在被掉入的旅程之中，感覺快樂。

# 唬爛王

一開始是作文寫得不錯的方子齊。

試卷影印貼在教室後方公布欄，或是被輸入電腦，被排版就像在司令台上列隊，被朗誦與解析，被讚美。

不可以，不可以只記得讚美——老師給了我一個不錯的成績，又說考試不要這樣寫，這樣太危險。

於是刪除所有危險詩句，替換成穩重得宜的立論與濫情。郊區的國中黃昏，鷹隼返回非法能力編班的陌生教室，作文寫到天暗了下來。我把每一個字寫得工整，就像選擇乖巧的小孩，討人喜歡。所以是作文寫得不錯的方子齊，是字跡工整的方子齊。一切都可以選擇，有時我選擇舉手挑剔老師的語病，有時我只是乖巧。

校舍主要是三棟建築，這三棟建築中最靠近辦公室這一側的教室，就是升學班。座位前的女同學每日梳頭，靈巧雙手握緊髮束，再用紅色髮圈綁好。每天我看著女孩馬尾隨課堂笑話甩動，又看向右邊窗戶以外，對面教室裡的莫莫。其實看不見莫莫，但是每當笑聲從對棟教室傳來，我總是看向那裡，試圖在一片笑聲之中辨識他的笑聲。

一次午休，馬尾女孩在眾人趴睡的教室裡打開水壺，一顆一顆含進感冒藥丸。她不斷輕聲咳嗽，發出一種惹人憐愛的聲響。她好像不會吞藥丸，但我又能怎麼做呢，學會吞藥丸的唯一方法，就是學會吞藥丸。吞下去吧，不會有事的。我能這樣保證嗎？

我用指尖點了點她的肩膀，用氣音說，妳不會吞藥丸喔？她搖搖頭。所以是會吞還是不會吞？我沒繼續問了，我眞該唬爛的。我該語氣溫和，跟她說，吞下去吧，不會有事的，妳有聽過有人被藥丸噎死嗎？沒有嘛。

老師喜歡在某些時候跟她鬥嘴，然後摸摸她的頭。我開始反叛老師。一切都在反叛，規矩反叛規矩，老師反叛督學，我反叛老師。可能這世界上要做好一件事情，就得先做一件壞事。我寫好作文，成爲問題學生，惹毛老師，然後考上第一志願。

不，我並不是說，考上第一志願是那件好事。

不可以只記得讚美。我持續成爲乖巧的方子齊，溫和而善良的方子齊。當然依舊是作文寫得不錯的方子齊，因爲我也剩沒幾個科目的成績可以看了。一年級下學期投稿文學獎，一首詩寫給自己，一首詩寫給莫莫，兩首詩都進了決審，但一個人只能拿一個獎。後來我拿了第一名，莫莫在我得獎後和我絕交了。

眞可惜，就是會有這種朋友啊，突然就絕交了。眞正會唬爛的人，別人不會說他唬爛，因爲大家都被唬爛了。有些人眞的被藥丸噎死了，我爲了女孩，成爲了唬爛的方子齊。那時候的筆名是「怕樹的人」，意思是，你看，樹都活很久不會死，多可怕。

得獎那首是我寫給自己的詩。

你討厭你自己嗎？

---

*唬爛，胡說、吹噓之意。源於台語「畫虎膦」(oē-hóo-lān)。

# 泳者

在打工的咖啡廳打破第三個杯子。

在那之後前輩總是要我慢一點，不要再打破了。事實上也沒再打破了，因爲不久後我就辭職了。想起某日前輩聊起幾個同事的個性，我問，那我呢。

「你喔……比較浮一點，浮躁的浮。」不太記得他的上一個動作是什麼，是拿著杯子呢，還是剛洗完手，總之他站在冰桶前的位置思索了一陣子才這麼告訴我。浮，他說話時候向下張開手掌，大約是抓握籃球那樣的姿勢，並輕輕地翻了翻手掌。浮，聽起來無辜，又想及這字的台語發音（phû），像是在水中吐出泡泡的聲音。

前輩又補充說，是年紀的關係啦。聽來豁達，實則無法逃脫。小學時候最討厭老師說出「浮躁」二字，眞是莫名其妙，恨之入骨。爲什麼要用如此抽象的語彙使孩子歉疚呢？當前輩說，是年紀的關係，是把我當成孩子看了嗎？

指考前開始跑步，和自己訂下圈數，起跑以後一圈一圈倒數著，撐著，跑過去就是了，一定可以的。「一定可以的」其實指的是「一定可以跑完的」，操場就那麼大，當然跑得完啊。我就這樣矇混自己，虔誠地唬爛自己：一定可以就這樣跑進理想的大學啊。從此高中操場成爲我一人的道場，好像跑完書就讀完了。

我並不確定未來要往哪裡去，只有長大的體驗持續著。在手背上擦擦寫寫，在掌心裡畫字，或是刺青某句格言，又質疑它的價值。於是擴張與生長，日日對鏡檢核臉上的痘，哪裡爆炸，哪裡弭平。我想要自由地吼叫，我想漂浮在某種看來安全的幻術之中。譬如寫作。

可我爲什麼寫？不夠好啊，大自大了吧。每當寫好了什麼，煽動了什麼，總要感覺狂熱褪去後的空虛。大學圖書館喧囂，書海面前我瘦弱得像文盲，織布地毯抹去腳步，每次途經都像嬰孩爬行。

我爲什麼寫？

# 你福氣檳榔

「這一生　你是否得到你想要的？／我得到了。」瑞蒙・卡佛在墓誌銘上這麼刻著，幾乎使我不敢說出那句：「我得到了。」

你的夢想是什麼？我是指，當別人問起「你以後想做什麼」的時候，你是怎麼回答的？我得到了。幾次接案採訪的經驗，讓我成爲一位記者——我是這樣期許自己的。

一次採訪一間漁村的廟寺，廟裡的委員帶我上樓，廳外的陽台看得見海。我欣喜問及這廟寺在海岸的祭典，問及人們與海。「今年也走了幾個……」委員並不看我，而是看著海，那樣說著。當下始知我年少浪漫的想像之外，海竟是沉重的宿命。

在不同引力之中，相同質量的物品會擁有不同的重量。羅毓嘉那樣說，詩是暫時離地三公分的機會，我讓自己在採訪時接地，於是我的文字變重了。不是質量，而是重量。還不夠，還不夠重。得到了以後，隨之而來的是不斷修正——不能只是「成爲一位記者」，還要是「成爲怎樣的記者」。

你玩過卷軸迷宮嗎？小時候有一陣子迷上卷軸迷宮，先畫上路徑，有的死，有的活，一直向上延伸，在白紙的邊緣處設立終點。然後捲起來，和哥哥交換，或是乾脆和自己玩，假裝不知道所有陷阱。

印象中某幾條死路通往「你福氣檳榔」，不爲什麼，那就是個永遠只是路過、不會到達的地方。那時候的我就如同其他只能坐在汽車後座的孩童一樣，零碎建構城市的樣貌，如同馬可波羅。

大學以後才得以騎著機車到處跑，這才開始建構出自己的城市，世紀帝國一般在黑暗中把地圖走亮。明白各處之間的相對位置以後，確實有種滿足的感受，但同時失去了不可逆的、穿越的能力。萬物都定位好了，要去哪裡都要自己找路。要回去哪裡也是。

此後經常在返家時候路過高雄翠華路上的你福氣檳榔，像是某種導引。就快要到家了。誰是那個在我心中已經成爲了我的人？不是，不是瑞蒙·卡佛，也不是羅毓嘉。

你福氣檳榔終究不是終點，只是符號。

唯有我，能夠返回我。

# 牧者

聽著蜂農說起如何逐花游牧。想像中的浪漫情節，是貨車載著一箱箱蜂巢，跟著花季的前線，一處處放飛、汲取，最終釀成風味各異的蜂蜜。

我隻身帶著相機和筆記本，在蜂農鐵皮的工作室裡頭，擷取他的故事。由於蜂農身兼導覽員，某些語句帶著古舊的諧音冷笑話，我已經忘記內容，只記得他淡然如背誦台詞一樣，講過那些養蜂的過程。

我以為同一群蜜蜂，得以在一年之中嘗盡各種花蜜，好似能夠環遊世界，在各異的景色裡飛行。我問及蜂的壽命，蜂農只是說：「大概三十到六十天吧。」

但牠們的壽命似乎不是重點，巢穴裡頭獨有的生態，個人身死似乎都在度外。一箱箱蜂巢像是游牧的王國，王者或說王后坐鎮巢裡，蜂農靜默得像是上議院的議長。像是褪去光亮的貴族，開著藍色發財車，輔佐王國的旅行。

取材大致完成，可我還是應邀，跟著蜂農回到住家了。當時心想，又有多少機會，能一探養蜂戶的住家呢。我坐上貨車繼續與他談話，原來蜂農也曾在工業起飛的時代考進某間公司，駛油罐車、砂石車，在生態農場當無人知曉的解說員。

最終抵達他家客廳，玻璃展示櫃裡，收集了各種蜜蜂造型的廉價玩具和玩偶。有的蜜蜂堆起詭譎的笑容，並不討喜，像邪惡的小丑。但蜂農只是愛牠，愛與牠相關的。蜜蜂造型的玩具車——這邏輯完全不通啊——還有蜜蜂造型的各色玩偶，軟的或硬的。

這些玩具大多都是金黃色的，或是試圖表現善意的粉色系。是因為成群的蜂太過恐怖嗎？我想及方才為了補拍一張照片，而被螫傷的後頸。我問他，師傅你做這麼久了，也會被咬嗎？他說，還是會啊，但都習慣了。

「擦了就會好。」蜂農拿起蜂膠製成的藥膏給我，所以那一隻隻蜜蜂用盡畢生之力的攻擊，最終還是用著他們的勞動，成爲人類的藥方嗎？蜂農送我回到工作室，從一座座獎牌獎盃之下的櫥櫃，送我一瓶蜂蜜。

集體飛行，採集，收藏甜蜜。一生徒勞，甜甜蜜蜜。我問起接下來又要到哪裡養蜂，年屆花甲的蜂農只說，氣候變得亂了，等花開吧。等花開就知道方向了。

# 晚安演習

再等一等
煙火就要綻放了
晚安
室內樂在廣播裡熄滅
遠處恆星
白白燃燒成汙點

催眠者高舉黑旗
夜幕裡
眞有人墮落了
無聲舞蹈著的骷髏
跌破地磚
晚安，打開大地
向下凝視更黑的海
從此你再也長不出
柔軟的髭鬚

棄子伸手撥開毛毯
指認自己的星座

晚安
你從不需要故事
就能入睡
每一場不受歡迎的遊戲
用手勢
把街衢占領成廣場

你的胸前有光
背上有神
紀念日就這樣過了
全城熱烈沉默著
而你用人話

翻譯了神諭
晚安
掀開被褥——
流產的花正在酣眠
夢裡，失聰的先知
摘下果實
唱世紀後葉的歌

又起霧了
煙火從槍口引燃
沒有國家的愛國者
裸裎走向混沌

晚安，現在閉上眼
從此
再也不許流淚

# 妳就是我的天使

前年某個假日，我從捷運某站上車，一上車便看見一位原本坐在座位的跨性別者起身下車。她穿著一件白色長裙洋裝，留著長髮，身材微瘦，從面容可以猜出她是跨性別者。車廂裡座位已滿，大約站著六、七位乘客，我看見她倉皇，甚至可以說是逃離車廂，然後快步步上手扶梯。

再看得久一些，我不怕說得誇大——她像是快要崩潰了。我能想像她踉蹌走進女廁，無暇躲避廁所裡的異樣眼光，隨意走進一間隔間，用力啜泣。

又或者，她被擋人在門外，在廁所前跌坐，只因這世界沒有她可以去的地方。她不適宜，世界不容許她談論自己。

我不知道。

那時《丹麥女孩》尚未上映，多元成家草案預備風起雲湧。我能確信的，是我永遠無法忘記車廂裡人們猥瑣的訕笑，我無法忘記這城市仍如此不友善，如此布滿惡意。她走下車的幾秒間，我還沒搞清楚狀況，我看見旁人眼光聚集在她身上，流露邪惡的笑。她是位天使卻走錯世界。

我曾以為這城市夠友善，但我錯了。這城市愚笨、邪惡、無禮得令我羞恥，我感到慚愧。

「下次絕對不會這樣了，」我對自己說。整趟車程我想著自己若早幾站上車目睹一切，我一定會到她身旁，告訴她她有多美，若目光襲來我會喝斥，質問人們到底有什麼好看的。我要護送她穩穩坐在車廂裡，嚇阻一切歧視攻擊，如禁衛軍護送皇室公主。我一定會這麼做。

二〇一六，《丹麥女孩》上映了，朋友在網路論壇放上自己女裝的照片，贏得好幾個讚。國中的跨性別學姊持續醫學系學業，高中的學妹學測剛放榜，我還記得她某個學期突然換上裙子那開心的模樣。當我穿上心愛的襯衫，對鏡撥弄頭髮，我們都在努力成爲自己想要的模樣，不是嗎？

音樂劇《吉屋出租》所有角色中，我最喜歡安琪（Angel）。她多麼活潑、寬容、熱情，她待人友善，總帶著大大的笑容，是所有人最好的朋友。她就是天使。劇中後段她愛滋病發，過世時被殯儀館拒收遺體。但她的朋友謹記她人生帶給這世界的善意，不忘以愛計算人生。

妳是天使，只是走進了太愚昧的世界。那天電影散場，在我身旁那群男生喝著快喝完的飲料，靜靜走離影廳。我相信有什麼正在改變。

# 伊頓混亂

天花板上的光亮不太對勁，我才知道自己無意識解除了每五分鐘響一次的鬧鐘，一次又一次急忙趕到辦公室，屢屢爲無可辯解的時差道歉，狼狽把自己活成最討厭的樣子。

夏天以來有什麼事情出錯了。我過起不列顛夏季時間，說是節約一個鐘頭，其實就是錯過。低緯度的第三或勉強的第二世界，不宜這番異國的算式。白晝還在不斷延長下去，日班與夜班交替的時序，在我體內形成極端，如乾旱的農作物與蔓延生長的惡果，我的飢餓與睏意在錯誤的時間萌發，讓我與世界脫節。

泳池業者在水藍色的櫃台，拉起布條要求放寬規範，一種逐漸乾涸的困境。我望穿電視畫面，從鼻尖、雙眼、再到胸口與膝蓋，這樣漂進池水。紅綠藍三原色在螢幕中擴散折射，水溫適中接近現實，只是水流的感受放大了，聲波加大，只好扭了扭耳垂調整音量。

像上世紀的搖滾樂曲，尾奏褪去再褪去，直至於靜。我能這樣忘記那些聽過的歌曲嗎？站在音樂祭舞台前方，時而聽歌，時而看著你哼，彩色燈光照亮輪廓，緩緩汲去聲波，只剩輪廓。一起聽過的歌太多，以至於那幾年曾經聽過的，全都無法再聽。我刪除以你為名的播放清單，只剩下還記得的那些，可還記得的最是深刻。

再醒來時陽台傳來雨聲，雨水逐漸盛滿盆地，注成池水。好像夢見了你，又好像並不。我更用力向後躺下，想臥入夏天開始之前，經常因雨關閉的那座戶外泳池。還記得如果雨不是太大，我們就淋。

我用力躺，睡回泳池的最後一天，睡回夢的裡邊。有次返校，那年泳池牆外的工地，新穎的室內體育館已經落成。過時的戶外泳池想是要永遠破敗下去。不知道裡頭還會不會盛滿水可供泗泳。向後跌落時，我倒在水藍色的四面牆壁中央，只剩落葉塵土。

那裡的天色不對，像是千禧年以來，流行樂團音樂錄影帶上，四比三的螢幕匡出假的十六比九，再套上過於偏差的濾鏡。飽含意義以至於沒有意義的情節，徒留美麗與困惑，這就是目的了吧。

又夢見一隻灰色的雀，停在我手上，並不要求什麼。我帶著牠到房外的走廊，祖父指著窗說，就往那裡放。我給了雀一粒米，帶著牠走到高高的窗前，打開窗戶，牠立刻全力振翅飛向白色過曝的天。放牠去，相信牠回得來。

但夏天以來出錯的什麼事情，其實溯及既往，就這樣在日光下抽乾我記憶的水分。公路旅行最後在岔路分別，從此只有更加蒼老、一路蒼老的重逢了。一股曾經從崖邊勒住我的引力，在夏天以來鬆手，放我一個人生活。

助眠的藥物並不保證美夢。比較好的時候，得以無夢醒來，腦袋像是重新開機一樣，比昨天好過一點。最怕是明明有夢卻收訊不良，灰濛濛的意識，度過情節不明的顛倒夢想，甚至更難以清醒。

那裡的世界剛醒，我這裡才生睏意。晚班延續過氣的話題，更新誰人的回應或者議論，也曾跨海打通視訊電話，只爲問訪廉價的致意。吹涼的茶水浮出渣滓，我負責過濾出好看的形狀。更喜歡假日，外電傳來輕鬆的假期新聞墊檔。有時是冰淇淋的資料畫面，上頭寫著今天是世界冰淇淋日。有時傳來介於網路迷因與歡樂嚇嚇叫之間的報導，小型飛機飛行員卡在樹上，或是搭乘雲霄飛車的少女，被鴿子一頭撞上。

只差沒有像歡樂嚇嚇叫那樣，填充罐頭笑聲，爲被惡整的當事人配上特定口音。至少萬物和平，無傷大雅，只是笑話一遍一遍講著，就逐漸變得難以發笑。下班過後的走廊關上燈，有時候我會想起暴力之下，某些反差之下的黑色幽默。諸如某件凶殺案件，八旬老嫗槍殺六旬兒子，犯案手槍也在美國家中躺了三十年之久。

黑色大理石鋪成的甬道，簡直像爲了還原某座洞穴而建造。兩旁也不是布告欄，就貼滿上世紀的綜藝節目形象照，或是強檔卡通的海報，闔家健康收視云云。這條路會路過新聞棚的副控室，但此際已經收播，只剩悶聲再現的播報聲響，從此老舊下去。

人造的山谷裡頭灌滿冷氣，我從長廊底端推門到挑高大廳，把鑰匙交給值班的警衛，再回頭死命刷著門禁卡。走出大廈總得拿下起霧的眼鏡，日子一天一天變熱，水氣黏上肌膚，整座城市蒸騰。夏天以來有什麼事情出錯了。在太晚的夜裡回家，變得難以入睡。手機裡的話題生出皺紋，該開心或憤怒的都沉澱下來，終於能夠安靜地狂歡。

這就是目的了嗎？艱難地睡，再艱難地起身，兩種現實都浪費時間適應。我以爲艱難的睡眠能換來簡單的覺醒，卻只是卡在反覆碰壁的迷宮。

我跨上機車，不確定剩下的汽油能撐到哪裡。漫長的派對剩我一人。高速駛過閃黃燈的陸橋，轉譯空中鳥雀的暗號起飛，向著有水的方向而去。城市所剩的霓虹，一閃一閃呈現紫紅色的光暈。黃黑色的焦油一瞬間沖淡了，嗆鼻的水氣流入肺裡。

我在水裡聽見格林威治村的子夜鐘聲響起，毫不留情。

# 無知之幕

回到房間，又躺在床上睡著了。醒來已是午夜，收拾上一個午夜掛晾的衣物，原來濕漉沉重的恤衫、長襪，在他們獨自、我沒有看顧的時間和風裡，變得柔軟如新。那些古舊鬆脫的部分，也癱軟和藹得令人喜愛。

站在陽台收整衣服，聽見樓下有人在淋浴，巷子裡有人被好友送到此處，快樂地道別。身處其中的日常片段，或許旁觀而言，其實相當溫柔美好。明天窗前就會派送明亮的陽光，繁瑣的思考，產製與整頓，不知從何而來的疲憊，好像在觸摸到溫柔以後，又能期待不久後的天亮。

隔個一棵樹，對街正在蓋起一棟房子。建商架起純白的隔籬，上頭少男模特兒赤膊上身，舞蹈的瞬間手不釋卷。我不知道這棟大樓的模樣，建造完成以前，我就搬走了吧。

就這樣承接了嘈雜的黑暗期。其實最是光亮，畢竟陽光更無可遮攔了。但隔了一棵樹，房間裡看不見地基鷹架之類，只聽得見聲響。

他們建造的時候，聽起來就像摧毀。

# 自我重複

一起聽過，甚至一起哭過的那樂團出了新歌。我傳給你，你說這新歌像他們所有舊歌的綜合體。我再聽了幾次，你指認的旋律，確實像是自我抄襲。他們一貫的編曲方式更不用說，因爲未曾改變。

想起高中時候寫詩，投稿校刊，也曾被指認，詩作總愛用「白襯衫」這三個字。打開那些書頁，才發現是眞的啊。難道沒有更特殊的意象了嗎？自我重複總被創作者鄙視，那是妙筆的把戲用盡。那是窮途末路，再怎麼暴走，也都是一樣的煙花。

但那些反覆出現的詞彙，正是心之所向，最在乎的事情啊。十五歲的身體開始寫詩，靈魂就困在白襯衫制服裡頭，但那輕薄到、只要出汗就成透明的恤衫，好像透出了詩，透出一種發洩。那是我身體的輪廓，那是我自己。我寫詩，我很重要。

抓握慣用的記憶，反覆蒸餾，想要逼出不同的汗水。就是這樣太過珍視，才開始自我重複吧。那又如何。反覆抓握、反覆重回現場——像犯罪者一般——不正是因爲太過珍視。心的空缺成了心虛，才抓來一樣輪廓的文字，不斷塞進填料，縫補完整。一個人兩隻手，手把手成了心的修復師。

重複成了技藝，有一天能出師，不再害怕任何心痛或心碎嗎？好像也不能。可是，如果重複的和弦就是那樣雋永，爲何要抗拒重複呢？人的故事就這麼多。反覆說出的話，反覆活成的樣子，是讓人安心或者厭煩呢？

有一種高傲的說法是，「眞是典型的某某啊。」輪廓就這樣被困在某種字典裡的定義之中，或是綜藝節目上，跳不過而闖關失敗的破碎珍珠板。難道改變才是好事，跳躍的姿態，愈是多樣，愈有人願意看我一次次跳過火圈。不要總是那一招，來點新的吧。

就這樣交換出珍惜的記憶了。一切無關好與不好。如果選擇耽溺，是不是太不爭氣。如果拒絕凝鍊出更精緻的手藝，一生只縫一件白襯衫，是不是好容易就被忘記。

# 水仙

看著攝影棚內螢幕調整領帶，卻愈弄愈歪。根本搞錯方向了。我愈是向著右邊拉扯，螢幕上的領帶就愈朝左邊去。

總得先意識到左右相反這件事，才緩緩以相反的方式達到想去的地方，那手感近似拿反滑鼠時候，違反直覺的小心翼翼。幼稚園拍畢業合照，我曾從攝影師那裡，看見相機頂部，全然相反的畫面。而後習得物理知識，才知道眼前世界其實上下倒裝，是人腦讓人誤以爲所見卽眞實。

最順從直觀想像的、更衣間那鏡像，原來叫做虛像。伸手往前想觸摸鏡子裡的面孔，反而愈來愈遠。虛實似乎都有矛盾，實際的原理考後卽忘，我可能也沒搞懂，只知曉怎樣看來，比較不笨拙而已。

我壓低高低不平的左肩，傾向比較好看的側臉，在倒數讀秒前用力擠出笑容，然後放鬆，似乎讓一切看來如此輕易。口中說出的話語，戲劇性的表情全都先想過一輪了，全部謄進稿區。斷裂、艱深、有時沒有道理可言的事件，都可以獲得因果。

納西瑟斯看見水面中俊美的男子，深深迷戀。他知道那是自己嗎？人們稱水仙自戀，但如果他發現那是自己，他還能否那樣愛著呢。如果那是自己，一切模仿都將拙劣起來，笑容總是哪裡有點虛僞。誰不是那樣看著鏡子，那樣懷抱無窮的自我批判及其不滿。

比起照鏡子，我更偏好鏡頭下的自己。麥克風錄下的聲音，還未貫穿全身骨骼震動、干擾聽覺，不直覺的面容與不直覺的聲音，比我更像我。原來這是我，我有點討厭的我。因爲足夠陌生，足以像對待他人一樣，對待那些美好的瑕疵。

那些未開發的技能，粗糙的成果，在陌生中可以是溫潤的手感，可以諒解。像是拿起復古的相機操作，觀景窗發黴、底片匣漏光都不要緊，因爲不可控制，就放過那些不足。

我愈來愈重，只有自己躺臥，用手指點播假手他人錄製的片段，才最能承受自己。景框裡頭永遠不致墜落。

# 2 ▶

# 青春的死法

# 洞

那就是永恆嗎？那時候我反著躺在主臥室的床上，頭朝床尾，穿越主臥室的門廊——一旁便是衛浴——看著父親在外頭的櫃上，替我沖泡巧克力牛奶。我定定望著那畫面，包含門廊作爲景框，幾乎成爲了長大以後回想，最早的記憶。這段記憶太過普通，普通到難以是虛構的。但我爲何會記得？記得這無關緊要，無關痛癢的瞬間。

又或者我那時候其實哭鬧著。我並不曉得了。主臥室的記憶就這樣成爲我考古自己，最早期的文明。透過洞穴一樣的門廊，看著門外的光，父親給我工業時代過後，摻著第三世界可可粉的人造鮮奶。

○

李格弟爲音樂劇《地下鐵》所寫，女主角失明前想記得的四十七件事情當中，其中一件。「一顆螺絲釘如何慢慢鬆動，然後出現一個洞。」

那時我跟姊姊坐在音樂廳前排，輕輕聽著魏如萱唱出那四十七件事。但螺絲釘鬆動過後的洞口，是劇場舞台上，另一對演員的對白，他們神祕兮兮地說出那洞口，像是有什麼祕密藏在其中。

姊姊那幾年總在過年帶回父親的紅包。說起來父親在離婚前並不會發紅包給我們。但離婚後他總託姊姊捎來紅包，上頭寫著學業進步，署名用他得意的行書寫著，爸爸。

那時候我討厭這樣。明明以前不是這樣的，一度我可以溫和地想著，那又能怎樣呢。

究竟是先有螺絲釘，還是先有洞？長大後從IKEA買家具拼湊，才知道有些螺絲釘不可逆反地那樣釘了進去。鎖死過後難以掙脫，拆卸過後無法拼回，拼回過後如此脆弱。

然後出現一個洞。在父親歡樂開張的影像工作室門口，那座迷你的洞穴，只夠一人通過、電梯般的入口。左右狹窄，鋪上鏡面，照出無限多個自己。但我並沒有太多在那裡照鏡子的記憶。印象中僅能通行一個大塊頭的男人。

○

那些男人背著攝影機與燈光器材走進走出。進去之後的辦公區角落，是母親身爲製片的辦公座位。父親不一樣，他是導演，他有自己的辦公室。在那座辦公室裡面，還有會客的座椅。我和哥哥曾經在那裡度過幾次寒暑假。

我當時並不明白任何憂傷。也不明白憤怒。我明白快樂，明白如何看著那群年輕的攝影師與企劃人員，把會議桌旁的角落改搭成夢幻的書房，用來拍攝浪漫的城市行銷影片。

那天在鏡頭景框之外，整間辦公室都關上燈。父親喊卡，換了鏡位，再來一次。我也曾闖進剪接室裡頭，那裡靠窗但鎮日都拉上窗簾，昏昏暗暗的兩個液晶螢幕顯示長長的視訊軌道，一旁還有監看的映像管螢幕。

我明白那種製造魔幻的快樂，在父親的工作室裡頭。一片漆黑的工作室成了劇場，像是一片漆黑的主臥室，除了化妝台的黃光，其餘都是影子。母親側身躺著睡去，輕輕呼嚕著，整面背脊像是山嶽，在那之後我用手指，讓小小人偶搬演劇場，究竟爲什麼，要記住一個洞口呢？緊緊咬著的螺絲釘，時間爲何任它鬆動。

○

一天晚上我睡眼惺忪起身，他們緊握車鑰匙，夜奔到工作室，那裡在星空下燒成火海。

隔天早上我跟著去看了，裡頭已經是洗刷過的牆壁，焦黑的火吻尚未褪去。牆壁架上DV影帶全被清空，一片空無，等著訴說殘忍的道理。

火災歸因於熱水壺的空燒起火，但一場火災，要如何總結出結果。我和哥哥姊姊在阿嬤家的燈光下等待果陀，他們盡力修復一切。我在補習班聽著女同學和老師說話。女同學說她有了新的媽媽。

我想著那些被稱爲破碎家庭的樣貌，我想著自己不是這樣。我不曉得自己就是這樣。

離婚過後，母親一人開始嘗試各種事業，每天一樣極晚回到家中，一回家就有脾氣。有時發完脾氣，母親還沒換下上班的衣服，就躺在主臥室睡去，衣物猙獰扭曲露出她的肚子。

我看見上頭有幾條刀痕，補好的洞口。母親說過，那是我們出生的地方。但我對那洞口，對母親的身體，已經毫無工作之外的印象。

母親給自己買了無印良品的床單，蘋果出品的iPod，夜夜聽著大提琴演奏曲。我不知道那些音訊的檔案何來，母親大概是上網下載。像是落魄的貴族，又像優雅的海盜。

在陳舊的主臥室，我從門縫穿過狹窄的門廊，看見我躺臥的同一地方，母親正在爲自己療傷，活回她身爲望族的女兒，應有的高貴生活，而不只是一位普通的妻子。

○

後來再見到父親，場面比想像更加難堪。父親帶著他年邁的老父母、也就是我的爺爺奶奶，衝到我服役的博物館，央求與我會面。「你爸爸來找你了，」我的同梯室友這樣笑著告訴我，而我也不能拒絕會面，一切複雜難言。

那位同梯的後來才知道，我已經十年沒見我父親，而這並不如我預期。我下樓接見他們，父親激動說著這幾年有多想與我見面，他身旁的父親母親也幫腔說著，握著我的手。

我像是看見一個小孩，帶著自己的爸爸媽媽，來見他意外生出的小孩。此前我花費數年，將自己除去母親娘家仇視父親的語境，試圖想像有天我能與父親，像是兩個大人一樣面對面見面。現實卻如此尷尬。

後來我就封鎖了父親的社交媒體，完全禁止任何刺探了。網路彼端刺探的洞口被我堵塞，填充以失望以及鄙視，和一點點同情。想著前些年似乎看見父親再婚的照片，甚至看見有人抱著嬰兒。

我不記得父親是否結紮了，只覺得自己完全被排除在洞穴之外。我究竟在洞口裡面還是外面？裡面與外面恐怕都沒有眞實，只有沉痛與虛空。柏拉圖潛入我的意識，讓我的文明最初只有父親泡牛奶的幻影。我到底招惹誰了，我爲什麼要在這裡。

# 忘了就好

現實世界的錄像匯入夢裡，連同自己都尚未解碼的念頭，一併被未知的廣告商竊聽。夢境邊框等同螢幕，兩個視窗，其一放映影片核對秒數，另一謄打稿件斷章取義。終於稿件完成，起身走向剪接室，夢就醒了。

醒了以後愛的鼓勵再來一次。手掌拍打鍵盤，華爾街股市收盤，倒立的他們解下領結，該我們說了。每日綜合外電活得比夢久一些，朝露夕死的潮汐反覆，浪沫映射現實，現實只活得過幾秒鐘。

有時電訊從顯示器刺進雙眼，也曾忍淚旁觀。警棍揮打的殘影，烈火綻放的殘響，我是拷貝影帶的海盜，一面複製現實，一面對著鏡像，煢煢激動著。可以暫停，退出視窗，可已成過去的，就無法消解了。

倘若夢得太壞，那就不去回想，放它閱後卽焚。抱怨惡夢卻想不起情節的時候，狐狸在空中對我說：「忘了就好。」倘若一日故事傳唱，全數退回線上、倒帶重來，回譯爲異邦的言說——那該是這樣的祝福：forget it for good.

# 有一天

我似乎未曾親眼見過貓頭鷹。美語補習班課本裡頭戴學士帽、卻裸身拿著課本戴眼鏡的貓頭鷹當然不算，現在想來那或許是種性暗示，日本A片之變形；那又是另一種愛的教育。

當然不算，動物園裡好像也不太展示貓頭鷹，又或是從未有人記得動物園裡所有的動物。貓頭鷹好像就這樣變得虛構，動物園裡其他動物也是，我們能夠辨識每一張人類臉孔，是誰，長得好像誰，卻不能分辨這一隻貓頭鷹與另一隻貓頭鷹。

至於恐龍當然無法親眼看見，我也未曾是能夠辨識恐龍的孩子。婚喪喜慶總攜帶塑膠整理盒，裡面放滿新的舊的多美小汽車——摻雜某夜羊肉爐父母好友餽贈之風火輪，非我族類我仍包容異己。甲蟲王者崛起之前，大多數男孩分爲兩派，一派玩汽車，一派玩恐龍，派系相同者第五道菜即可相見，倘若派系不同，自然是不用說話了。

關於恐龍的謠言太多，有人說暴龍太重根本無法奔跑，這與我腦中那些拙劣動畫牴觸。關於恐龍我只認識暴龍、劍龍、三角龍什麼的，接著直接跳青眼白龍。我看見年幼的表弟可以辨識各種恐龍，指著閃亮的彩色圖鑑，他甚至不是透過注音符號記憶，廣播節目主持人一樣的記住恐龍的名字。無論圖鑑或是廉價玩具，恐龍總是七彩繽紛，我總懷疑恐龍根本不是這些顏色。

絕種與否都是第二輪的，貓頭鷹二輪，恐龍也是二輪。你知道那北歐家具店的型錄怎麼拍攝嗎？攝影團隊會進入一間家徒四壁的房子，桌椅、沙發、地毯、床鋪，短劇一般虛構一個家。念此際我已登入虛構的家居，在網站上逛啊逛，好像擁有了一個家。母校校慶結束後一群高中同學到家具店，胡鬧把玩燈飾，吃冰淇淋。離去之際途經兒童玩偶區，我看見一位男孩拿起大地色貓頭鷹與綠色恐龍的玩偶，回頭以適當的音量呼叫他的母親。

媽媽，你看，是貓頭鷹跟恐龍。我跟著男孩的話語望向母親，母親聽見了，卻只是看著男孩沒說什麼，沒有惡意，只是疲倦了。男孩返來凝視手中的玩偶，不出幾秒鐘時間，自言自語。

「有一天，一隻貓頭鷹遇到恐龍。」

就只說了這麼一句，男孩把貓頭鷹與恐龍放回架上，他仍然笑著。全心全意，全心全意的虛構，我還等著貓頭鷹跟恐龍相識，男孩就走了，可他的語氣早就說完整個故事。好友都聽見了，等待男孩走遠他說不可能，鳥類是從始祖鳥演化而來，貓頭鷹不可能遇到恐龍。可是他全心全意欸，當他說出有一天，我就相信那一天。

有一天就是今天，今天就是有一天。今天所有故事都將完結，有一天所有故事都將開始。貓頭鷹與恐龍會一再相遇，成爲朋友，穿越苦難。不要改變世界，但要收買一座二輪戲院，用彩色筆繪製變態貓頭鷹壁報，每日投影侏羅紀公園，全心訴說男孩未竟之事，每一天的故事都不同。要永遠成爲這樣的敍事者，有一天我下定決心。

# 善良的騙術

星期三體育課結束後，裝球的黑色籃子倒置在排球場上，裡面居然裝著兩位小女孩。明顯是姊妹，她們屈膝對坐，偶爾笑出聲來，她們成功把自己困住了。系上的女生發現了，我們湊近球籃蹲下，和她們聊天。

妹妹年紀還小，都是姊姊在說話。時間接近放學，她們的父母來球場打排球，她們就在這玩耍。姊姊小學二年級了。「聖誕節想收到什麼禮物呢？」她搖搖頭，想了幾秒說：「沒有聖誕老公公。」

「有一次我看到爸爸媽媽房間裡放著禮物，然後就發現的。」蹲姿的我們感到錯愣，稍加相視，我若無其事地說：「會不會是你今年不乖，沒有禮物，所以爸爸媽媽就……」女孩甩動長髮，「沒有，我同學也說沒有。」

好吧，籃子裡的女孩已經知道一切了。籠外的我們蹲坐，我們不再是揭穿謊言的大朋友，而是共謀撒謊的大人了。

十四歲的聖誕節是國中女生手寫的卡片，十五歲末日謠言破解，擠在雄女體育館的食物區，十六歲是早起到校門合唱聖誕歌，十七歲穿著深藍外套在站前的騎樓挑選一雙手套。十八歲吃宵夜，室友單車失竊到警局報案，報告打到早上六點，聖誕老人都沒出現。

想起十歲的聖誕節我也曾撒謊，假裝自己仍相信聖誕老人，向媽媽暗示我要湯瑪士小火車鉛筆盒。媽媽也假裝真有聖誕老人，把禮物送我了。

# 薛西弗斯

名爲臨時、卻撐了數十年的高雄車站，畢業過後眞的拆除，一步步建成當年不甚相信的立體建築圖樣。原以爲只有車站前的飲料店，會那樣隨著年歲消逝，沒想到車站本體亦然。高中有三年期限，一天八節課，一堂五十分鐘。讀著有期限的書，耗費有期限的時間，換取另一段有期限的校園。

但是久了總會以爲，這就是永久吧。放學或是假日，從區間車廂望著操場與牆邊的校舍，像是看著早前就站在那裡的自己。倒是捷運系統早就埋伏地底，我以爲鐵路地下化過後，捷運系統的高雄車站，依舊會是同樣的面貌，甚至多出幾個出口。

有天夜裡看著直播，才知道地底這洞窟，也要封存。

說是洞窟，因爲從地面下降兩回過後，捷運站挑高得像是搭建而出的臨時布景。每到下課時間，整座城市的高中生，都要從這裡前往站前的大型補習班。七彩的校服搬演著，是誰假意背誦單字，看向誰的學號姓名，放課後才是青春的現場劇目。

也在這裡，梳整瀏海髮絲，遮掩暗中爆發的痘瘡。一走出站，就要忍受燥熱的空氣，這裡總逗留著學生。有天我在這裡遇見一位女孩認出我，說是因爲我和她哥哥以前同班。我端詳她的面貌，想不出究竟是誰，說了幾個名字都不對。女孩表情愈趨尷尬，只說那就別再猜了。

她告訴我姓氏，我把同一姓氏的同學想過一次，都沒想到。我們在更下一層的月台分別，後來我終於想及那位不受歡迎的同學。多數的同學以爲他多寡言，但他說起動漫總會浮上笑臉，熱切說著喜歡的角色。

但他是喜歡動漫的同學之中，成績最差的一位。事實上他總是排在最後一名。謠傳他身上有異味，並不是每天洗澡。我只記得他的衣服總是多了一些髒汙，不知爲何。這就是爲何吧。爲何他的妹妹要我不要再猜了。他妹妹的臉上，有種恥辱而自我厭惡的表情。

我在洞窟的地下，想通這一連串因爲所以，想通那就是他的妹妹。我忽然感覺罪惡，就這樣在記憶中，跟著多數人，淘汰了不夠亮眼的人。討厭終究不需要理由，我並不討厭他，卻跟著刪除關於他的事物。

我不由得討厭起自己，扮出世故成熟，是不是最爲殘忍。沒能告訴那位同學的妹妹，我想起來了，他是你哥哥，我還記得他很喜歡他喜歡的東西。我把他歸類在不喜歡的那一群裡，不確切記得太多事情，甚至更不能大方地說，我和他其實不熟。

關於哥哥，女孩那天在洞窟裡埋下了什麼記憶呢？我究竟是說錯了，在地底多了一個討厭自己的理由。這裡的人來來去去，梳整瀏海造型，調整制服的比例，把校內規定的皮帶解開，化上淡淡的妝容。在廁所的洗手台，對著鏡子看了很久很久，還是覺得自己並不好看。

青春的現場，自己對自己最為殘忍。厭惡就在自己身上，光是來自什麼學校，穿上什麼樣式的制服，就彷彿是劇目裡頭不同階級的角色。把對自己的厭惡，在地底收折妥當，放進逐漸褪色的書包，就這樣戴上耳機拿單字本，乘電扶梯來到地面。

混亂塌陷的內心膨脹，鼓足足夠的輪廓，面對和你一樣的人。有時試著跟他們一樣，有時相反。有限的時間裡，在假日頂著烈日穿上整潔的便服，到辦公高樓裡不見天日的補習班教室。

先修，複習，總複習，衝刺，檢討，再先修。追逐不盡的答案與算式，背誦了多少又理解了多少。後來才知道，別座城市有間高校，畢業後會從高空丟落所有課本、考卷、參考書，洩憤的行動相較嚷嚷著焚燒，實則只是回收，還要眞切一點。

心底是知道的，其實沒有輸贏。但我們還是用力倒數刻畫著，讓數字占據手機桌面，考題詳解占據相簿。每夜自習後在車站前分別，一步步走進洞窟，再往下走進車廂。背著薛西佛斯的石頭，苦悶低下頭來。脫離詛咒以前，只能告訴自己，這其實不是永久。

# 瀏海

「剪短一點好嗎？」

「好啊，也快夏天了。」

理髮師俐落變換著電剃、剪刀，髮屑滲進後背，微微刺癢。瀏海慢慢被剪去，我望著鏡子裡的自己逐漸被修回原形。

小時候我確實留著瀏海，國中時開始喜歡更短的髮型，近乎平頭。擠弄青春痘的年紀，健康教育課本指控瀏海是痘痘溫床，已經焦頭爛額，怎敢嘗試。短髮多好，一早醒來無需整理，穿上校服便出門。反觀那些皮膚白皙、瀏海厚重的男同學總在體育課後髮型崩壞，髮尾被汗水束起，又散亂沾黏前額。

我總愛偷聽剪髮阿婆客廳電視裡放著什麼節目，黃金夜總會，重播的豬哥亮歌廳秀，或是台語新聞，電視機和著嗡嗡嗡的電推剪，阿婆偶爾就剪到耳朵，代替月亮懲罰我。說來理髮考驗信任，不只是會不會剪歪的問題，脖子緊勒，隱忍噴嚏，任由利刃在頂上揮舞而不敢動彈。我看過「總統的理髮師」這類報導，記者在家庭理髮廳訪問親切的理髮師，我總幻想理髮師是間諜，腹黑準備刺殺計畫。

高中一次隨社團擔任電影的臨時演員，剪了日治時期的學生三分頭。電影公司租借了老舊的飯店，狹窄的走廊掛著戲服，牆角壁紙蜷起，從走廊到房間的地上都鋪有地毯，整座飯店吸吐著霉味與菸味。一位工作人員在走廊上端詳我們的頭型，然後在我們身上貼著貼紙，三、五、七——三分、五分、七分。我們排隊進入某間房間剃頭，地毯上布置好舊報紙，以免髮屑落入，牆邊長桌前擺著三張椅子，我走向三位理髮師其中一位，在桌上立起的鏡子裡看自己落髮。

摸頭的快感沒持續多久，後來一整天我們在烈日下曬傷頭皮，不僅洗頭時候刺痛，上課時候整片皮屑掉到後座同學桌上。才知道即使不需保暖，人還是需要頭髮，那是種保護——地中海大叔依戀著兩側僅有的稀髮，努力梳向對岸，亟欲隱藏海上的粼粼波光。我決定把瀏海留長，我也想被保護著，總說頭髮是世俗的記憶與思想，我努力變得聰明，好在塵世裡免於傷害。我決定把瀏海留長，說穿了我想被愛，我想變得好看。

剪去瀏海的剎那我閉眼聽見海潮的聲音，唰，唰，買給自己的紀念品就要被摘去。我要不要留著那片海，讓海潮和眼保持距離，足夠而不能刺進眼睛。要不要瀏海而海上沒有你，只有我在灘上劃寫你的名姓。我又回到那個尷尬的夏天，價目表上國中生五十、高中生六十，阿婆解開圍布取走毛巾撒上痱子粉，就要開口結帳，逼問我要不要長大。

也快夏天了，直到鬼月以前都可以去海邊。就剪去瀏海吧，有沒有海都沒有你。

# 飛蟻的死法

拆解紙箱，在圖書館大門地上鋪開，梅雨總是這樣。我曾經在學校圖書館擔任志工，雨天除了買飯麻煩，最恐怖的是飛蟻。

學校圖書館不大，整棟樓大約有五層樓，開放的樓層則僅有兩層，一樓是報章雜誌區以及些許的桌椅，二樓是主要的藏書地點。五點放學那時天空還亮著，收進室外的看板與還書箱裡的書本，我便上樓看守櫃台。總在六點、七點，樓下的志工同學才上樓求救，走下樓梯便看見日光燈管下成群的飛蟻。飛蟻又稱大水蟻，前人迷信大水蟻的出現後將作大水、落大雨。

可是雨水會殺死飛蟻。我們就是這樣殺死牠的。

踏過地上散落的深棕色漸層翅翼，我們一度把燈管輪流關上，關了這排，飛蟻就聚集到那排。原想這樣一盞一盞，把飛蟻引到門外的燈管，圖書館卻不可能總閉著門又關著燈。我們苦惱地把蟻群引至最內裡無人行經之處，眼看蟻群顧自飛舞著。飛蟻是白蟻巢中的有翅階級，每年五月高溫中濕度高的日子，發育成熟的飛蟻就必須飛行。

必須飛行，否則將繼續消耗巢裡的資源。工蟻將有翅的處女蟻后與雄蟻趕離巢外交配，這樣的飛行稱爲婚飛。濕熱夜裡，高中圖書館日光燈下啪啪啪的飛蟻有四片翅翼，當翅翼脫落，雌雄飛蟻將躲入陰暗的罅隙交媾、產卵。更久之後，人們會指著木製家具的孔洞咒罵白蟻。我們呆坐在關燈處的椅子，同學拿來手機搜尋，飛蟻，驅除，死。啊，有了有了，圍觀掌上智慧型手機螢幕，我們按圖索驥，翻進回收場拿來大垃圾桶裝水，擺在日光燈管下。

蟻群之中有蟻緩緩向下飛入水中，接著被困在水面，四片翅翼在水上漂散，蟲蟻緩緩掙扎，然後死去。像李白。降雨以前，掠食者大多躲回巢穴，濕潤的空氣裡，才能嗅聞彼此的氣味。大水蟻要在大水來臨以前飛行，然後放棄飛行，在世界的縫隙裡繁衍。

踩死還在圖書館磨石子地板蠕動的飛蟻，閉館前我們掃去那些翅翼，想起同愛街湯麵裡的油蔥酥。

# 動物園

說是動物園通常是因爲很髒，男校啊，洗手台卡著飯粒，走廊上垃圾桶凌亂擺放，一旁散落考卷和飲料杯瓶。體育課後回到教室，冷氣就是要嗡嗡嗡地開起來讓體味爆發，讓歷史老師崩潰。

但還眞是一座動物園呢。窗玻璃灑入充足陽光，舒適的課桌椅上，我們吃食著飽足的知識，賴以維生。在那些痛苦的考試之中，我想長成體態肥美的動物。當有人拿起吉他彈唱，或只是凝視午休安靜的教室，我便成了遊客，爲我而建的動物園裡，我靜靜觀察一切，感覺連接了永恆的時空，愉悅而不知如何自處。

久了也知道如何逃離，就曠課爬上樓頂，俯瞰操場。高樓隨距離淡去，鐵道上偶有列車。高空中我總憂患地想著：藩籬之外，未來未知的眞實世界裡，我該怎樣生存？

# 憂鬱的熱帶

坐在教室裡
觀測風向，抄寫
來不及理解的算式
人類學家由是廢弛

民族誌尚待受孕
鎮日泳於白襯衫之海
時而張眼辨認暮色

賃居濱海，飲用光害
飲用棕髮
飲用晳膚飲用
澄汗飲用所有男孩
課桌椅浮出海面
粼粼晃晃
漂游書籍緩緩上岸
文法棄壞
作聲翻閱，文明
無一毀傷

# 我說的不是那種海

我說的不是那種海
那種輕易的浪潮
吵雜，近乎耳機塞最用力
最痛快樂音
我說的是頭顱
埋在肉身，信仰

沒入鼻息
畢生手寫詩集
然後航行至大洋
最璀璨星夜
一冊一冊海葬自己

我說的是吞入父親的骨骸　如果
我就是海
我說的不是那種海
我說的是黏膩的時間在風中
自後頸滲入背脊
異國漁港

野貓抖落透光之毛（以及一次噴嚏）
多年後的一次裸泳
終於被少年帶上了島
我說的不是那種
幸福的島國
我說的是……
扣上英挺軍裝
最後一枚鈕扣
看向鏡中身後鮮豔旗幟
不自覺
吞吐口水

浪潮若是皺紋
曾經全力向西航行，竊取時間
又在返來時陣
穿越沉澱
左營港邊，海風一吹
就在妻子眼前衰老
用力唱歌就無力流淚
起錨之歌在風中
化成鹽
我說的是嘔吐
是狂戀一座國、一個島
翻過身軀

就準備好燃燒時間
毀棄一切
毀棄一切
成全島的安睡

——致詩人汪啓疆

# 油亮男聲合唱團

大多數的日子熱辣，汗液淺淺敷滿體膚，我們爬上四樓躲進有冷氣的音樂教室。彼端發出幾次橡皮筋彈擊紙盒的聲響，像是發聲練習以前的咳嗽。

午間練唱開始了，放下便當用手背抹去嘴邊油漬，現在左手和嘴脣都發亮著。我站在教室最左側的低音部，成爲最壯大的樂器，努力發出最低沉的聲音。那是我的聲音嗎？記得第一天進入合唱社，老師彈著鋼琴替我試音，她說我的聲音並不低，是我把它唱低了。

照著樂譜我持續唱著，默數節拍像是默數時間，默數年歲。容易出錯的樂句就反覆誦唱，剃去雜音，面容逐漸整潔而帶刺。便當只吃了一半，油亮的唇齒永久懸著——那是我的聲音嗎？又或者，那只是我想發出的聲音？

# 舊雨

十二月下起雨了，就像謠傳中的那樣。看向寢室窗外，站前的電子鐘壞了，顯示0℃，寒氣和雨聲同時滲來。九月開學以前，初到台南的我也曾在空蕩的校園看著雨下，打開未語的群組，拇指觸擊注音符號，ㄊㄋㄒㄧㄚㄩㄌ。

台南下雨了。

雨是我們的暗號，在更早以前，我們以雨爲主題，辦了一場畢業展演。我們蒐集了無數關於雨的詩句，計畫演唱關於雨的歌。我們從光南買來水藍色壁報紙，在對街的牛肉麵店將它剪成水滴形狀，之後我們把這些水滴張貼在展場的隔間上，營造身處雨中的氛圍。

不料，展場淹水了。展場在圖書館地下室的藝廊，前一晚大雨，隔天一早才發現淹水了，水深及膝。水桶、掃帚，甚至借來抽水機，我們急忙傳遞著一桶桶雨水，我們終究把水清除了。可是投影機、音響、K的單眼相機昨晚都放在地上，淹壞了。

群組傳來回應，先是相機泡水、留在高雄讀社會學的K傳來高雄的雨，然後是彰化，桃園，台北。當然，九月的我們不知道今年聖嬰，颱風不來並且晚冬，依舊謠傳著台北的冬季有多陰冷，你們慘了云云。

K像是留住了什麼高雄的刻板印象，純樸、快樂之類，都跟K直率而怪特的個性，一併安心地留下來了。高雄就像K那樣，猜不透卻令人安心，像一位濱海社會學家，孤獨又溫柔，見樹又見林。可是K，我不希望你因而不敢改變，這不過是我記憶的某種連結，你必能以我不懂的社會學理論解釋吧。你懂的。

舊，雨來，今，雨不來。杜甫那樣抱怨，從此以後，這世界的友誼就都濕了。我幻想眼前宿舍樓下，你們冒雨而來，踏過積水的腳踏車停車場，跑進我的宿舍作亂。可能是我生日，更可能是聖誕節，要有蛋糕與汽水。可是當然沒有，我們都忙起來了，慣習了各自的生活，而你我已成舊雨。

呃，其實還沒啦。我們如此念舊，持續關注輪流發生的感情危機。可是還是害怕吧，聽完樂團演奏〈湖面的盡頭〉，你打電話說：「我總在想，什麼時候，我們會開始新的生活？」

我不知道。我們會變成雨嗎？變成舊雨，聲音、氣味都剛好的那種，剛好讓我想起落雨時我們收起吉他，從石桌躲回走廊，想起如何躲過建國三路的上水窪。我不知道從何時開始，我已能不經思考，就知道該如何躲過雲平大道傳情周人馬，到育樂街吃炒飯。

# 用愛好嗎？

我記得升上高中的那年暑假，我在熱天下午騎著腳踏車到泳池習泳。練習在水中呼吸，抵抗恐懼，相信池水會擁抱、而非拋棄你。

放鬆，讓你沉溺的亦讓你漂浮，池水愈深浮力愈大。放鬆，你可以伸展你的四肢，開始游動。你要相信水。泳後沐浴，擦乾短髮，走過濕漉的磁磚，挑高的泳池迴盪散場音樂。

「Five hundred twenty-five thousand six hundred minutes.」

基測以後居然還要爲這數目字苦惱，這到底是多少啊我想著，然後我穿鞋走出泳池，到販賣機投幣，外頭陽光弱了，但還熱著。之後我才知道那歌的名字，愛的四季。歌詞中不斷追問，你如何計算一年的時間？用日光，用日落，用午夜，還是午夜中的咖啡？用英寸，用英里，用那男人燒過的橋——那些僅有的退路——或那女人死去的方式？

How about love? 用愛好嗎？

後來我升上高中了，在那裡長高，在無可救藥的時候罵髒話。喜歡一些人，討厭一些人，整理衣領，在高樓俯瞰風景，猜火車，假交配。開始寫字，讀字，在沒有面容的文字裡讀見那些故事，那些迂迴與否認，那些愛。更多時候是上課，曠課，猜對答案，睡覺，唱歌。

島上另一邊的高樓上也有你嗎？你看著怎樣的風景？是山，是海，還是高矮錯落的樓宅？

我開始關注人們的苦難，自以爲孤傲地爲暴力悲憤。開始關注那些議題，與人議論，後來竟也跑了操場，以吼叫抗爭。我開始愛了，以為獲取知識是為保護人們，於是愛上這個國家。你呢？你是怎樣愛的，為什麼想要保護這個國家呢？

後來我迷上那齣音樂劇，一群藝術家在貧苦中生活，他們爭執並且愛。他們染上愛滋，有人懼怕死亡而不敢去愛，有人接近死亡而渴望愛，「沒有改天了，我們只有今天。（No day but today.）」他們想從這噩夢裡醒來，他們的屍體無人收容，但他們站起，高聲對你唱著：用愛好嗎？

你想保護你的國家，可當你生病，國家要你離開。他們隔離你的餐具，在你無助的話語裡沾染惡意。你年輕，你愛你的國家，然後國家把你拋棄。

你知道你並不無可救藥，你努力活得健康，你定期服藥，你還愛這個世界。你知道，可他們不知道，殺死人的不是疾病而是無知。

跟你說喔，我學校的泳池聽得見火車的聲音。嘿，你游泳嗎？

不，不管他們了。別光站在池邊啊，下來吧。你游泳嗎？不會啊……不會也沒關係喔，你現在就放鬆，水會抱著你。不要怕，嗆到也沒關係，我們再來一遍。不要怕，我在這裡。

# 瘟疫

我不想有預知地震的能力
如果無法透視牆壁而
砂石無聲崩離
我只是想安睡在危樓裡

但別誦念柔軟的禱詞
我還不能眞正睡去
請假意歉疚

在我房裡踱步並替我
更換枕席
如果我飽餐
翻開手肘試圖捐獻什麼
請善意質問我
骯髒的性器
我深知板塊
卻迷信雨
因我的樓房築在乾燥的荒郊
終日大旱　地質緊實
我不想聽聞正確的論據
我只想擁抱

並被無懼的吻

不想看見樹
就看見枯枝
如果瘟疫襲來我將最先死去
大雨，請鬆軟荒郊的土壤
請動搖危樓　摔開衣櫃
我不想有
預知地震的能力
我不想看見我
就看見
爬滿斑點的軀體

# 繼續呼吸

想在左手劃些印記
封住錯的時間
想把自己摔破
今天攤開葉子
用手指撫摸葉脈凹陷
像擁抱
繼續呼吸

想喝光一手啤酒像末日
想懦弱
不想去賭
想俯瞰勝過仰望
今天攤開票紙
握緊硬幣
告訴自己
繼續呼吸

是誰忘記玻璃
其實液態
你我過半是水

今天攤開火炭
都夠熱了不如
烤烤香腸
講黃色笑話
今天肚皮依舊油膩
繼續呼吸
今天睡過中午
仍有人暖你手心
攤開地圖
找那年關燈的教室
像那天發現

他也是玫瑰

今天，今天
攤開我對的身體
像親吻自己那樣
繼續呼吸

# 廣播故事

把字放在那裡
第一天
你把地鐵接通腦門
肖像放在心臟
吃了葉子
後來字典葬在郊區

走路半小時會到
疲弱的防風林外
吹著笛，吹起音標
放好喉結
放好湯
那年販售簡訊的便斗旁
你一根菸也沒抽

把訓話放在口袋
放好掌紋，放好藥
第三天午夜牙痛
就醫治剪刀

不要擲那骰子
不要撿那隻貓

你逆著旋轉成地球
隨口問著「這樣好嗎」

當然不好
第五、第六天掃描骨盆
開電視唱起兒歌
第七天
你種出薄荷
煮好一鍋水

# 符號習作

我可以向上墜落嗎
不是救贖也不是逃亡
比較類似從此刻到
此刻的背面，鏡像那樣
抽風機排出不要了的氣體
吹出對位的音階

可以嗎？如果用禁止的符號
拼出這世上
只有我看得見的顏色
因爲只有我擁有的感官
一邊流淚一邊舞蹈

請對我撒謊
我要汙水那樣潔淨的亂碼
剩下可以破解的
就是萬花筒吧，倒退
走下山坡

霧氣是更重了
我可以就這樣躺進這片
潟湖，俯視逸離飄散的化石
而不去指認

我可以永無止境的等待
這或許更好一點
更像信仰。不像現在
亂數跳轉，毫不在乎語言
綁死所謂意義
所謂幻覺，所謂眞實

# 默劇

靠海那岸築有許多餐廳與咖啡館，周末的老街擠滿遊客，我們在其中一間咖啡館避暑。後門出去就是海了，戶外的座位有陽傘，桌旁幾位男子點起菸，愉快地說話。海灘聯通了整排靠海的商家，老嫗在地上攤放塑膠水槍、鏟子、水桶，商品擺在塑膠布上，布上有沙，有些沙末濡濕，尷尬等待受熱。

同行的孩子先是說自己不想玩沙，誘導哄騙，還是到了沙灘上堆起沙堡。遠處兩位年輕男子髮梢束起，滿是汗水仍戴上頭套，分頭走入沙灘。男子裝扮成米老鼠，頭套上的雙眼比例怪異，顯然盜版——正版又如何，看見男子拙劣的服裝，我已能預知一場默劇。

終於向我們走來，有點緩慢地抓著頭，沒有表情，只好以生動的動作演出。他不說什麼，站在孩子身旁作出一些動作，向我示意要照相。可以預知後續的詐術了，但仍屬善良吧我想，於是哄了孩子照相。他熟練地湊近孩子，拉起他的手，擺出各式動作，且不發一語。如此熟練，在一海岸的小孩之中抓取孩子與旁人的關聯，引導受害者成爲加害者。儘管衣裝拙劣，若他裸身，他就是眞正的米老鼠，變態的燒聲男子，不老不死，米奇妙妙屋裡還愈發3D。

一連串變換動作的合照以後他向我走來，翻開胸前覆蓋的陷阱卡。簡體中文闡明自己身有殘疾，沿海岸線遊走，供人留念並收取拍照費用。我該看向他的眼睛嗎？他輕輕點了頭，肢體語言釋出一些乞求而面部表情釋出一些威脅。

他的面部表情就是沒有表情。腦內換算了幣值，付了錢聳聳肩，繼續哄著孩子玩沙。那男子喜歡米奇嗎？我甚至不在乎他殘疾與否。你喜歡米奇嗎？

# 透明人間

校樹前的畢業合照我甚至缺席了。那時候你是綠色的，綠色短髮。前些時候你是紫色的，與導師聚餐那晚你是水藍色的，幾天後畢業典禮上，你又變成金色。或許一直到最後你都是金色的。

而我是黑色的。剛結束入伍訓練，頂著黑色的平頭，一路轉乘罕有的海線快車，前往你的來處。害怕弄皺，就一路穿著黑色襯衫，打上那條爲了某些揣想的、畢業後的商務場合而準備的黑色領帶。那這又算是什麼場合。

今天不是什麼重要的日子。每天都不是什麼重要的日子。我們理應這樣繼續生活下去，沒有多餘的紀念日，依舊不知道彼此的生日。

我卻黑色地坐在這裡。車窗廣闊但也是黑色的：黑色的城鎮夜景，穿越黑色的洞穴。遠處光點消失的時候，我只能對焦在自己黑色的倒影上。

我在顫動的車上，斷斷續續翻著書。裡面寫著，遺忘是無法被證明的。人類至今仍無法證明，大腦可以徹底遺忘一件事情。

意思是，人們不確定遺忘是記憶受到損傷、無法提取，或是記憶眞的徹底消失了。讀著又分心了，望向黑色的車窗。那消失是怎麼回事？現在，這又是怎麼回事？

日後見你在假期的夢裡，我緩緩走向你，只見你的側臉。你坐在兩道長廊的轉角，面向我見不到的那一側，靜靜等待著什麼。

你所在的長廊有白色的光。我一直站在這一側看你，你微笑向我點頭，並沒有交談。夢醒以後我傳訊息給之，微弱地期盼著，之也看見了你，知道你在等什麼，長廊那側又有什麼。

可是之顯然不曉得。只有我，在不重要的日子裡夢見了。

喪禮上井把你哭成透明。我看著他流淚，慌張地想著，啊你怎麼不在，怎麼不來陪他。半秒之後才想起你死了。

回程我們一群人走下山坡，烈日過於光亮。我們緩步走向你家鄉的小站，搭上不同方向的車，沒說再見。車窗透明，窗外田野青翠，天空湛藍，像是某個不重要的日子。

那時我才不小心地、慎重地哭了。

——紀念好友陳怡茜

# 不動

納骨塔也要實聯制。時間並非靜止不動，你身後才來的大疫，終究在你門前加諸新的慣習。我們站在門前，等待條碼辨識的時間，忽然感覺扞格卻又欣慰。你終究沒有錯過這些。

先是選舉年前，你換了大頭貼特效框力挺的候選人，如你遺願當選。爾後是取消的旅行，每日跳轉的病歿數字。最近你喜歡的樂團，主唱剪去長髮，吉他手差點惹上大麻煩。

還有喪禮上都來過的兩位同學，現在成了伴侶。我和他們來，一起找尋你的座標，像在圖書館找指定用書，來來回回在向光的最側那一面，打開半透明小門。上頭嵌了你的畢業照，不過背景的白底，合成一片藍天白雲。

我們蹲下來平視你，討論起你的髮色。阿姨後來傳給我，你最後一天的限時動態，你在髮尾挑染桃紅，上頭寫著自己是桃子姊姊，要去小學面試了。那是十二小時後的截圖，向前推算是事發當晚。我或許也曾看過那則動態，卻在逐漸遠行的生活裡略過。更後來才得知消息。

鮮豔的髮色與妝容，我都沒有印象，除了那件橫須賀外套。安全帽遮住你的妝髮，我只認得出你大學就在騎的亮綠色電動車。還有那件外套，反射那天清早的陽光。領口隨強風飛舞，連結車愈來愈近，畫面開始停頓，突然變成連續拍攝的幻燈片。

隔年電視台教育訓練，投影片放上當天報導的片段。主管說，這一則讓我們被罰了，同仁還是要注意一下，馬賽克和抽格，還是要盡量厚一點。

我知道那是你，但我不覺得那是你。這也不是你，蹲在正午的整面骨灰罈前，我像看畫一樣觀察方格的方位。「好像有點往右偏了。」「有嗎？」「你蹲到這裡來看。」「有欸。」

那年你先修了艱深的文學理論與批評，後來同組上課，你總用犀利的批判威懾全場。我比你晚了一年碰觸新批評，總說作者已死，如今這偏斜的角度，只能解作有意爲之。

戶外陽光正好，但不太熱。山坡下就是鐵道，高處的這裡可以稍微眺望小鎮。我們租了車，斜坡上的停車場只有我們一輛。也沒有其他想去的地方，我們索性讓駕駛經驗不足的那位，在這裡練車。

他倆一個和你合寫劇本，一個曾是出演你的劇作，我在後看著他們輕輕慢慢打檔，轉彎，倒車入庫。車子在山坡上繞了好幾圈，還車時的里程多了許多。我們在你遠離之處原地打轉，又在原地打轉之際，上手新的技能，並且用長大後的方式說話。反覆學會了愛。

我們依照習俗，驅車前往人多的鬧區，零零散散路過風景。我們選擇蛻變或者停滯，似乎都是殘忍。不想讓你家人看見我們，看見與你同年的我們，繼續長大的樣子。只有在離開之前，留話給管理員，下次如果家人有來，請告訴他們，很多同學來過。

關上門前，我用手機拿近拍了你的塔位，想記下那編號。可是永不消失的靜物，還有必要記下什麼呢。我害怕多看一眼，太過熟悉你的樣子，就永遠是這樣了。一切不再更動，你永遠不會消失了。你卻永遠不會消失了。

——紀念好友陳怡茜

# 序

你翻開了你的高中畢業紀念冊。

集體的，坐在課桌上，翻找著自己的班級，指著相片笑鬧。這是第一次，之後也會有第二次、第三次，可能是指考前的夜裡吧。再來你便將它安放在房間，前往異地，開始沒有制服的生活。

○

制服，制服從來不平整。先在自習室占位，然後脫下制服隨意揉捏塞進書包，書包都還綠著。班級碼也曾拆線重縫，那是後來拆散的班級——在樓梯窄小的第六棟，你才剛開始習慣髒話恣意咒罵的生活。後走廊看過去有音樂班，我們曾經以爲女孩子那麼罕見。

接下來的故事我難以猜測。第四棟、第三棟、第六棟，你到了哪裡？你外宿、你通勤；你留在原班、你轉到一類；你和舞伴曖昧、你的舞伴是男的。就算你喜歡自習，我也猜不透你喜歡活動、軍訓、還是弘毅。我永遠無法猜對，像每月段考答案卡上，擦掉的才是正解。

猜不透，我們猜不透生命。外掃區掃不完的落葉，生態瓶裡的突然枯萎的水草，突然畢業的長黃，突然畢業的他。更多時候你與他們並不熟識，只是途經了他們的盛放。

答應吧，好好照顧自己，每次同學會，都要好好地見到你。

○

偶爾還會想到，走到福利社的路上，我們那樣輕率地說著夢想。再容我猜想一些未來吧。有夢想的，沒有夢想的，現在都迷惘了。人們之間的交往，不再是一群男生、幾句髒話就能帶過。

嘿，那都沒有關係。現在我們知道了，理想從來沒那麼容易，事情從來不可能完美，就像你從沒發現，鐘聲的開頭總是不見。一年的黃秀霞，一學期的學生餐廳，體育館旁的矮牆，火車駛過雄獅台後方。不只是你，而是我們，是我們一起走過這些呀。

你還記得嗎？最一開始的時候，一群矮矮矬矬的國中畢業生，帶著一點傲氣坐在體育館地下室成排難坐的鐵椅。

三年後，一層樓以上，我們別著花離場。

○

然後你翻開了你的高中畢業紀念冊。

是在假期中歸來，是開始工作後的幾個月，是搬家前的掃除，然後，是同學會前一晚。也可能我全都猜錯了，可能你從來就把你的高中畢業紀念冊忘在教室。

我只是個十七歲高中畢業生，體膚未熟，靈魂躁動。對於未來，我什麼都不知道。

我只是面著海，淺淺猜想遙遠彼岸，陌生島嶼的形狀。我赤腳站在沙灘上，凝望遠方，良久，良久。然後突然跑起來了。

跑起來了，跑起來了。跑起來就好了，也不知道要跑多久，也不知道要跑向哪裡，但我想起了那次棒子消失的運動會，好像只要跑起來，我們就又在一起了。

那就好了，這樣，就不怕了。

# 3 ▶

# 愛如此孤獨

# 數學家

愛有十三劃，愛是質數。愛如此孤獨。

# 達爾文

你常忘記自己也是動物
哺乳類
哺乳
很久很久以前
你枕著自己的手臂
肌肉忽然抽動

你側躺著，像嬰孩或是胚胎
你是生命
你常忘記自己也是生命

# 其中

緩慢地寫，緩慢繳卷如繳械。試卷上我仍寫下我所知曉的一切——極光如何產生、電解又是什麼。畢竟是那麼久沒碰這些，總想起遠方，先是國中的晚自習教室，要如何不造作地比出安培右手；又是高中第六棟四樓教室，某些時候我總卯起來想弄懂一切，但總是落後太多；再是不曾眼見的極光，天若河流粼粼——全是科普節目拍攝的。

很後來我才知道那些星球、天體的照片，多是由衛星照片拼湊、修圖。那些是真的嗎？那極光，或說，那些記憶。昨晚的複習都記不得了，現在的我憑什麼說著過去的我想著什麼。所有的記憶，會不會從來都是虛構？

那怎麼辦，要怎麼記得快樂，和一些走廊上的接吻、遠方對視的眼神之類。小說家陳雪說她一次重回母校，發現她牢牢記得的初戀場景，從來都不存在。如果我們只能活一次，又只有一次記憶，那要怎樣確定一切都是眞的？

曾在家裡找到與我同齡的《鐵達尼號》原聲帶CD的〈My Heart Will Go On〉，歌詞本釘書針已經生鏽，老派翻譯著：「愛在電光石火間生成。」那是第一次認識這成語，鐵達尼號的樂音與文明，瞬間變得原始如猿人敲擊石頭。愛本來就是原始的東西吧，現在看來那歌詞可翻譯得眞好，愛不過是瞬間，不過是正負電荷中和，打散又鋪排，徒勞聚散。

我離開地下的試場，看見側門旁的教室裡有光，教室空蕩，徒留冷氣的餘溫孤獨的寒冷著。該是期中考後的教室，所有人都已繳械——我如是虛構，書空咄咄，彷彿這一切我都經歷過。而我不過是個虛構的人。

我們只有一次，只能過那一次。狠狠過那一次。其後，只好要自己記得久一些，記得正確一些。

可是〈金子的心〉這樣唱著，「爲了什麼堅強？讓我再說個謊／『眞想要永遠留住對你眞實的印象』」。

# 穿堂短劇

工學大道上，斜射的夕陽被校樹遮蔽，剩下的陽光金黃，隨機照在大道旁的植栽。暖冬後忽然酷寒，北極震盪之後又緩緩回暖了。寒假的校舍消瘦，處處群聚正在練習跳舞、甩棍、揮旗的學生，反覆播放同一首曾經流行的歌。

我持續前行，穿越校區之間的馬路，大樓下的陰暗穿堂有人演出短劇。明顯是某個科系的營隊，觀眾盤坐在地上，演員後方用黑色垃圾袋架起布幕，上面貼著我不理解的英文簡稱與圖案。播放著林俊傑的〈可惜沒如果〉，男主角與女主角走進彼此，然後緊緊相擁許久。

這是再平常不過的短劇，我卻停下來了。男女主角動作自然，長久的擁抱，像是等待許久終於相見。我站在大樓外的路上，瞇著眼觀察他們的神情，他們依舊相擁。是在拖延時間嗎？歌曲後段，另一位男生走進舞台，氣憤的把兩人拆散，先是拉著女主角的手，然後毆打男主角。

地上的探照燈熄滅，男演員在黑暗中走到穿堂外的門廊更衣。一道陽光穿透校樹、建築，剩下短短一截，照在舞台中央。門廊上的男演員脫下大學T，內裏的衣服也跟著被撩起，露出消瘦的胸腹，他撥了撥頭髮，又拉平衣服。下一幕開始了，〈像天堂的懸崖〉，一個男生回到台上，我卻無法辨認哪一個。是傷人的那個男生嗎？

到底是誰傷害誰呢？男演員手持短刀，失落地跪坐舞台中央，那道陽光曲折的照在他膝上。音樂持續播放著，鋼琴伴奏讓歌詞像獨白，男演員神情哀傷，握著短刀的手不時顫抖。主歌很快就結束，副歌開始時，男主角終於試圖舉刀。偶有下班的職員從盤坐的觀眾後方走出穿堂，舞台只有他一人，他的身體試圖阻止自己，跟隨音樂最激動處，他自刎了。

陽光照在他癱倒的身軀，燈光熄滅，音樂淡出，下一首是林俊傑的〈學不會〉。五點打鐘以後，身後的道路開始有人移動著。穿著統一服裝的學生費力搬動著音響，或提著便當在校舍間穿梭。我不想看完那齣短劇，往宿舍走去，懷想那長久的擁抱。

短劇演出當下，竟也沒有「自肥啦！道歉啦！」之類的叫囂。那麼長久，像深夜出門買宵夜會撞見的那些情侶，卻又不太相同。依循劇情，我試圖釐清加害與被害，卻迷惘了。而後來走上舞台打人的男生又是誰呢？他們看來如此相愛，到底是誰傷害誰呢？

我輕易哼起那幾首沉重的流行歌，宿舍前停放單車的廣場，全是夕陽的顏色。

# 名之為海的

北返的車次少有座位。僅存的商務車廂座位，愈是往北，愈能聞到一股古龍水的味道。該是那氣味從人群之中，漸次浮現。我隔著口罩，開始辨認出那氣味的名字。

那叫作海洋。我是說，這樣的氣味，被冠以海洋的名稱。就是男性運動香水、或沐浴乳裡頭的氣味，輕微的沁涼，亟欲展現成熟的氣味。一種急著長大，未必長大，仍裝作長大的氣味。

海洋，那叫作海洋的氣味，視覺上總是和瓶身上頭，英俊的男子輪廓共生，幾乎像是共感甚或聯覺。樣板式的廣告影像上，壯碩而熱衷運動，在海上衝浪的男子，甩去頭上的海水，身上散發而出的香氣——是那樣的男性形象，超越了海。那幾乎與海洋無關，海只是布景，海洋這名字更關於男性。

我狐疑地聞著這氣味，搜索記憶裡頭，關於那氣味的線索。車廂昏黃的燈光，暗沉的酒紅色椅背，解析出半透明的、漂浮的海的色塊。途經的大站，卸下多數乘客以後，車裡剩下穿著襯衫的壯年男性。那男子應是初生皺紋的年紀了，讓我幾乎覺得，這氣味太過幼稚。

我已經許久都沒使用帶有海洋氣味的男性用品。舉凡叫作海洋的香氛、潔膚用品，甚至可以是海藍色。那寫著英語的加壓刮鬍泡，能擠出帶著藍色與白色的刮鬍膠，在手心搓揉能微微起泡，散發那股名爲海洋的氣味。

究竟是幾歲的事情呢？鬍鬚的向量漸層，降生在半熟未熟的男孩嘴脣上方，直到太過明顯，才陌生的在賣場買回刮刀與泡沫，再默默剃去。從根部砍半，是以根部成爲末端，繼續生長，此後就再也生不出那樣，嬰孩胎毛一樣柔軟的、同屬青春期的毛髮了。

我用海洋刷去第一抹鬍鬚，在這過後的都叫作鬍渣。此後手指手背，開始一輩子停不下來的托腮，像是撫摸剪好的鬢角那樣，檢核自己下巴生出的鬍子。總是凌亂，長短不一，像是天氣預報上，氣壓的虛線。那短促的線條在臉孔上太過明顯，像是像素化的雜訊，必須除去。

除去過後，平滑的肌膚只留下氣味。那與海洋無關的氣味，場景通常在水氣氤氳的浴室才是。手勢動作熟悉過後，甚至不必看著鏡子，就能完成的勞作。密閉的，虛構的，海藍色的想像。但那不是海洋的氣味，不是走進海岸邊，就能聞到的腥臭氣味。

我知道那不是海，那只是名之爲海的異物。我到過海岸，認識過來自海港的人，並且曾經深深迷戀。我和那人到過海岸邊的棧道，騎著單車，穿越野狗，去看差不多的浪潮。度數尚未加深的近視眼鏡，鏡片布滿瑣碎的沙塵，還有濺起的浪沫，彷彿天地氤氳迷幻。

但並未充滿藍色的香氣，而是屬於海的眞實氣味，深邃而輕微刺鼻的味道。以及身上簡樸的恤衫，沾上的汗水體味。我和那人流汗騎過他家屋周圍的漁塭，一個轉角剎車不及，在那人手肘摔了傷痕。

想起來眞像摔碎了沙漏，那精緻透徹的身體，竟也傳來痛覺，並且身上布滿吹上衣袖的細沙。他直說沒事，我卻看著他皙膚破碎的口，滲出鮮紅的血。於是我們遠離海岸，返抵家中敷藥。後來整個假日，我厭惡沒有保護好那人的自己。

我厭惡這場海邊發生的錯誤。更後來曾讀見有人直白的批評，海其實很吵，我才發覺自己其實不迷戀海，只迷戀關於海的。最好沒有海的氣味，最好像異國的風景畫，遠遠觀看，而不檢討觀看的方式。最好不是眞的。

我用那叫作海洋的氣味，塗抹在生出髭鬚的破口，一刀刀切斷生長的痕跡，時而刮出傷痕。似乎沒有無痛的方式，只能用更整潔的面孔，證明自己長大，懂得舐去干擾的訊號，接收並組成最高畫質的笑容。

爾後進進退退，最終遠離關於海的一切。我偏愛木質調的厚實肌理，像聽見大提琴獨奏，喜歡而無需理解，幾乎可以說是附庸。但我是眞的喜歡，閉上眼睛好似可以看見大地色系的草木。

穿上襯衫之後，緩慢連線，噴灑昂貴的汁液，在身體鋪蓋上遠方的整座森林圖像。喜歡低沉的聲音，喜歡發出低沉的聲音，震動聲帶，成爲整潔而成熟的男人。巴哈第一號無伴奏大提琴組曲的前奏曲，奏響在通勤車廂裡，一天的開始如此乾淨。

我遁入森林，擁擠人群像是樹木，從高處篩去直射的陽光，車廂空調恆溫舒適，適宜華服。我穿上喜愛的深棕色皮靴，步出地下如登上山坡，低頭看見土壤裡頭鑲嵌的破碎貝塚，晦暗粗糙，回憶起整座山林，其實曾是海洋。

# 退件自傳

一場演說的海報
安分的
在安分的雨中脫落
標題的手寫字鮮紅
但纖細，寫字那人
想必善感
想必正義時常
勞苦他的心智

如果能夠輕易相信高牆
這方
或那方的人如果
能夠相信高牆
就好了
日日刷洗杯具
美好烘焙他的夢
攪拌甜點原料
再寫上重複的日期
當然可以在麥當勞討論自由
貿易的協定簽字

農民吹冷氣收穫
市場到底是阿婆無照駕駛
還是滾動3D地圖
穿西裝握手？

雨已經停，落日的道路涼爽
忸怩的外來語
準備安逸指控人群
天啊正義好刺
天氣好好

# 為你成為勵志作家

深夜裡你故作鎮定打給我，向我說起發生的事。你夢想成爲一位傾聽者，我知道你也有想好好說話的時候。你在宿舍外頭的樓梯間吹風，看一成不變的街景，終於打給我。我已經準備好聽你說了，你知道我會先講幹話，若無其事，等你準備好開始訴說。

因爲想得到重視而挑釁，穿上自己粗劣塗鴉的紙板甲冑，向所愛擊發玩具刀，然後就毀了。疲勞使我們脆弱，渴求熱切的關注，因爲長時注視著自己勞動，那人怎能略我。蠢話，會後悔的話，我們都是白痴，無可救藥，自古皆然。萬古白痴輪迴，每輩子鮮嫩的心臟總得翻攪到老，然後再輪迴。

我以爲我永生要被那人討厭，可是時間讓我們重新認識，再開口說話時，那人已經是更美的人了，相信我也是。我喜歡你的那人穿著制服，鹽埕夜街、我大學申請失敗的那晚，他把我們剩下的酒喝完。我喜歡你接過他手中的酒瓶，熟稔模樣就像你與他日常定定拋接，早就習慣。

蠢話再怎樣想只會是蠢話，現在我希望你好起來，調整作息，忙一忙或靜一靜。你不會再更笨了。喔，原來聊這麼久了，手機好燙喔幹，快要天亮了呢。爲了你，我可以是用語淺白、且過度正面的勵志作家。

# 務實地許願

機車緩緩爬坡、上山，後座的夂嫌棄我重心不穩，我怪罪賃租的電動機車不如一般機車易於起動，難免暴衝。去年盛夏我們大考，復為志願苦惱，最終搭上不同車班求學。今年盛夏齊聚在島旅行，夂剪去亂髮，我仍愛熊抱他，逼他坐上我的機車。

寡言而保有自己的欲望，夂是那樣的人，身材瘦小，適合環抱。「幫我看一下星星，」我注視前方，示意夂抬頭。「還好欸，可能還不夠暗吧。」機車一輛一輛接連著，夜裡的島引擎隆隆，車燈局部點亮山路。電動機車柔弱而恬靜，像是某部分的自己，努力撐著卻只能這樣了，不夠強壯啊（希望不要製造太多汙染）。日頭猶在時候皮膚總敷著熱汗，夜裡卻是涼爽。

前方行伍閃起方向燈，路邊停車。解說員以一種近似號令的洪亮嗓音，夾帶笑話，講解著林投樹葉。我想起田野調查的課堂上教授玄虛的解說：林投樹葉帶刺又向內迴旋，妖術一樣化解海風，又想起那些因應植被而生的鬼故事，女子苦守海岸，在林投樹下自縊殉情。所知與未知交摻著，夊，一年之間我們成長了多少，我又知道多少的你呢？

解說員熟練地順著語句熄滅手電筒，人們抬頭並且驚呼，解說員順暢亮起指星筆，在銀河上比劃著。勉強連起星座，複述著古人的幻想，又使自己徹底知道，那不過是某種自我中心。這很尋常，文明要建築多久，人類才終於放棄地心說。相擁時候我以爲我們本來相同，分離後才在各異的術語中長成不同的人。

流星倏忽劃過，驚呼之中我竟無願可許。「正確的期待就永遠不會失望。」最喜歡的樂團這樣唱著，唱著唱著就休團了。我未曾許過永不分離之類的願望。我仍向著天空期待著，只是已經學會如何務實地許願。

# 色盲

天氣轉冷，惡意肆虐島國。有人不能幸福，還有人不能幸福。落葉一般的謠言之中，有人那樣嚷嚷：難道要爲了色盲，把所有紅綠燈都換掉嗎？

說眞的我願意，我並不知道怎麼做但我願意，我願意。因爲莫莫也是色盲，但不是紅綠色盲。

「那你看得懂紅綠燈嗎？」

「可以啦，紅色綠色我看得到。不是有那種檢查的本子嗎？」

「嗯嗯。」

「我看不到裡面的數字。」

然後我們下了捷運，他指著捷運站懸吊的燈箱指示上電梯的水藍色標誌，「就是像那種藍色……或是藍綠色吧，我分不出來。」我們邊走邊講著，稀疏的人群推進我們向前，然後我們道別。我只是一如往常地看著他，心裡覺得好興奮，大概是感覺「這個人好特別」的那種新奇感受。

只是莫莫不是紅綠色盲，我無法壯烈的發起一場革命，拆解所有紅綠燈。我只是想推翻一些秩序，建立一個可以保護你的秩序。我只是想要想像美好的事情，想像我眞的改變世界，改變你。想像你一人在漫長的公路上旅行，而那時島上所有紅綠燈都被我推翻了——想像我成爲爲密醫爲你檢查視力，透過儀器我凝視你的眼睛，而你看見一條漫漫長路，開始想像一趟旅行。

另一天放學我問你喜歡我嗎你說不知道，絕交那天我確定我喜歡你。我的一切舉動大概像陰晴不定的海面，隨天氣呈現不同的海藍色，我反射的光你都看見了，但

你分不清。此刻我想起你住在濱海的漁村，那天我們看海，原來整片海洋對你來說

都是同一種顏色。那是石原氏色盲檢測圖，那是我的詩，布滿情節藏滿暗示。

「我看不到裡面的數字。」

# 夢中的婚禮

在書店前的樂器專櫃，少女反覆彈奏著《夢中的婚禮》，頻頻中斷，是不夠熟悉嗎，還是哪裡出錯了。又或者她只是用力地測試著這架電鋼琴，測試著極限。好像哪個不再打開的抽屜裡，傳出鬆動的聲響。我走下手扶梯，餘音繞樑，我隨台階迂迴下降著。曾經那年生日，有人在濱海的房間裡彈琴，用那時已然破舊的手機錄音，製成CD給我。差勁的音質，總在某些樂句聽見那部手機共振著，而音樂仍舊經過。曾經那年那首曲子，好幾天不絕於耳。

是太過順遂了，那年那樣的音樂。不像現在，一首曲子兩隻手還是打結了。倒敘地反諷著，明明已經學會腳踏車，現在竟不斷跌倒。手扶梯上我打開抽屜，久違地播放了那首曲子，是它沒錯。

還不能揣想的時代，我想過擁有一個家，默默搖動旗幟的那些年敗給另一種愛。當然現在什麼都可以了。當然願望都沒有實現。

也不必實現。我抵達原本猶豫著的那間店，買好了要給情人的禮物。

# 泳池曾經

泳池曾經粼粼，泳池
曾經反射片面烈日
撐起整座宇宙

泳池曾經寬容
默認物理過錯
泳池曾經

承受一具具光滑軀體

一旁散落

愈漸困惑的長信

泳池曾經回聲

陳舊情歌

現場演唱版本

泳池

曾經豐滿

一對少年坐在牆外

持刀

輕劃皙膚

「就要
快樂起來了」

眼看池水暈染
鮮豔奶水
泳池曾經降落耳語
鬢髮隨之蜷曲，泳池
曾經
泳池

已然乾涸
揉撫腕上刺青，永遠

不會痊癒了
跳躍、換氣
掌紋和雜音
都不再渴望了

# 左岸

倒是成爲樹
會容易一些
橋上螻蟻列隊爬行，完全變態
成爲狐狸
堤岸上的酒館，無眼的象
擦拭琥珀色水杯
「你看，沒有光

就不需要眼睛。」

羊水的左岸都差不多
盆栽松針，後巷植有棕櫚
向著光
穿越時間
很久以前，皮耶
你是我的桌布
甜湯涼了
像公路電影
主角第二次挫敗
枯黃仙人掌癱軟在吧枱，吧枱上

鋪著海的顏色

我想，得是胎生
我還想宿營於子宮
指向玫瑰金色牆壁，嚷嚷著
「我也想要有一個」
要有一個這個
我羨慕妳，女人
甚至還有乳房
獻上瓜果——妳可以那麼做
說著「我是你的」
皮耶，你看我站在赤道

沿自轉切線飛出陰道
把陰莖
嫁接太空，充血
成爲樹幹
盛滿乳白汁液
勃發綠葉

這是時鐘（你睡眠的樣子）
那是傅科擺（你的樣子）
皮耶，離開酒館時候
那湯還在——糖果紙、拍立得、
生日卡片

我都記得
你看
你要的孔洞
我都有了

# 外套

國中時學校的外套有點厚重，深綠色的蘇格蘭格紋，有同學的外套內裏鋪著柔軟的、不知什麼動物的毛皮，白色的，看起來很暖，但大部分的人和我一樣，外套裡只是一層深色的布，不過也夠暖了。午休的時候，我將外套蓋在頭上以遮擋陽光，有次我發現，內外兩層布料的縫隙透出一格一格的光點，稍稍挪動，便像是閃爍的星光。

這其實相當牽強，成衣工廠製作的布料縫紉整齊，交錯起來規規矩矩的光點，怎麼也不像星星。不過當時的我眞的非常開心，純粹地爲發現一個美好的景象而快樂許久。

同學之間謠傳，T很有錢。不過，那對我來說都不重要，我每天和T走在一起，和他聊天，去福利社，放學後陪他等著他的家人。他和我一樣，父母離異；不一樣的是，他的父親再婚，與父親和繼母同住，母親也早已換過許多男友。在離婚後接續會發生的難以接受的事情，T好像都經歷過了。

大眼，雙眼皮，紅唇，很深的人中，膚色潔白，甚至看得見紅色的血絲；戴著黑框眼鏡，瀏海與略長的頭髮，他不時撥弄著。他如此美麗，像貓，迷人，慵懶——他真像貓一樣，鎮日睡著。

還有，T身上的香氣。這是同學公認的，T身上有一股香氣，好像抹了什麼香水。但T一概否認，他甚至不知道自己正散發著香氣，「哪有，什麼味道」每當同學問起，他總這樣答覆，嗅聞雙臂，滿臉疑惑地說：「沒有呀。」

每日放學後，我總愛留在教室裡，一邊緩緩地抄寫聯絡簿中的作業項目，一邊等著T收拾書包。門窗都關上了，教室的窗戶全是毛玻璃，暖暖的陽光仍舊穿透，教室裡一切靜物輪廓清晰。我坐在地上，靠著T的腿，靜靜嗅聞他的氣味。而他並不在意，只是自顧自收拾著。

我記得有一天，T請了病假。他沒來學校，那天我替他收拾了要寫的作業，晚餐後騎著腳踏車送往他家。T住在郊外，我從密集的小鎮騎過一座橋，一間大賣場，接著便是一片片荒涼的空地。路很寬敞，時而有車經過，每片空地都如此相似，有時也經過陌生的廟寺，其中一座還舉辦著宴席。也沒有注意天空是什麼樣子，只是覺得這裡很暗，很危險。

最後我是到了T的家，在他家樓下，打電話給他。他覺得很突然，下樓來見我。

「你感冒還好吧？」

「我沒有感冒。」

「那你怎麼沒來學校？」

「我爸帶我去算命。」

回程的路快了許多，我變得不那麼惶恐。看到他好好的，也不覺得失望，在這樣莫名其妙的瑣事之中，竟也就這樣長大了。

記得有次和T一起等他的家人，結果他走了以後，我才發現自己拿著他的外套。我傳了簡訊跟他說，回到家以後，我把他的外套披在椅背上。我看著那外套許久，然後關上房門，我拾起T的外套，躺在床上嗅聞著。我用指尖觸著胸口處校徽上繡著的學號，與我同一年入學，同一班級，而末兩碼是因爲他而迷人的座號。我繼續聞著他的衣領，袖口，手臂，胸膛，背脊，自外套內裏星空，揣想他身軀的模型，滿滿的氣味彷若帶來肉體，彷若他就在我懷中。

# 傘

畢業之後，指考之前，那陣子特別潮濕。弘毅樓的毛玻璃窗看不見雨，下雨總得用聽的，摘下耳塞聆聽、張望，簡稱弘三的那間自習室後方張開幾把濕漉的傘。

是誰說室內不能開傘？

小時候姊姊從戶外拿進濕傘，小心翼翼地在浴室張開，使我誤以爲開傘將招徠鬼魂。可是再怎樣小心，不久以後他們還是離婚，散了。

傘，散，如果我們早該別著花散去，又爲什麼集體兀坐於此？猜猜傘字有幾個人，老師說，可這些人後來去哪裡了？如果諧音眞有什麼陰影魔障，是不是拇指滑過半圓卡樺張傘那瞬，我們早已準備好四散？

今天天氣很好。很好，如果這日天氣好，你就不會跟他撐傘，摩肩，然後擁吻。

晚餐你是不是帶了傘，是不是準備好張傘，召喚詛咒與他分散。

你只是我的舊雨，我獨自在傘下防禦你濡濕我的髮，我的記憶。走在建國三路，每池水窪都是你的陷阱，入侵我腳底，使我再不能前行。然後你停，這場雨你停，留我一人在此慢慢發霉。

四人，五人，十五人，答案各異，總之不會是我的傘。那陣子必須日日帶傘，我換了原本那把大傘，一把輕盈折疊小傘塞在背包兩側的網。

反正只我一人撐傘。

# 分開旅行

夢見你，和你駕車帶著貓旅行。整日時不時想起這件事，夢見你了，但無人可說，醒來以後也想說著該不該告訴你，嘿，我昨天夢見你欸。

有時獨自回溯訊息，看看我們以前都聊些什麼，發現我們以前只聊喜歡與想念，而沒有生活。有一種理想是，我們一起生活，有一種理想像現在，像我與他。如果你更想我一點，如果你更常說想我。

駕照是後來考的，貓是後來撿的。我們早已分開。倒是，夢裡我們也不在一起了，我在夢裡如同過往一般看你笑，在夢裡想著，要跟你說些什麼，直到夢醒什麼也沒說。

沒說我愛你，沒說我還愛你，沒說，不該說。因爲不知道是夢就不說了。想著分開是爲了更快樂的生活，我做到了，確實更快樂。過著更快樂的生活，想著不該想的不該去想，我很快樂，但我還是想著。就只是想著。

你在夢裡好眞實，但是霧霧的，但是很近，但是我沒有碰你。你抱著貓，像家庭錄影帶歪斜混亂的片段。我們去了哪裡？我們離開某處，我們出發，然後抵達，只是不知道那是哪裡。如果別過你回頭看看，可能就知道了，但我沒有，應該要看著你才對。

所以我看著你。那是我們沒有抵達的時刻，一切日常，不說一句愛。你像我的妻，淺淺笑著，不會離開。離開的是我，離開旅行的是我。

# 沿路偎靠

別花、更衣、大考
假期末段車行水田
太陽刺目，撥除乳牙——還早呢
我們乾等露水投胎
並受汙染

寢室裡聽得見第一班車

離站的鈴聲
看得見滿城漸亮
天一亮就要長大
曾經設定的桌布最後
都沒有抵達
每則準備好了的皺紋、
英挺鼻樑
以及好看的雙眼皮
就要從此成功了嗎？

公園樹叢，高傲的松鼠
終於接下果實開始啃囓

等待樹木抽拔高壯
再將其砍伐，製成家具
年輕戀人隨手扶梯上升、轉身
雙臂搭上對方肩膀
生活晃動如公車
下車刷卡
默念第三世界奇異地名
假想某日供養
濕度適中的風
和情人租屋
燒菜
買便宜的牛奶

# 前度

身體離開了
房間還在
離開房間了
房間還在

還在房間
睡著，用不變的姿勢

偶爾起身
看看窗外
那條街
就這麼岔了出去

# 東寧

今日公寓樓梯有貓
今日意外，把自己
鎖於門外
今日散步
藥局與藥局外的椅凳今日
無人乘坐
今日洗衣店又一次洗好舊床單

過往的軍隊行伍
今日眷戀
於此生活
在公園升聾啞王國的旗幟
今日也聽講與爭論
向外來女子指路
用王國的語言告訴她
近代史的紋理

一如指認
上周生在肩後的痘
今日約會

拾回舊物
丟棄廣告單——讀了廣告辭
試圖阻止這紙張的企望
今日手淫與清潔
閃電照亮夜空
未見額上疤痕

漢堡店外等紅綠燈
咖啡與麵包還在施工
對街大廈某樓此刻
亮燈
今日有人按鈕啟動今日

勢必不會再熄
當那燈
那按鈕輕易開啟
就要發光直到毀滅
今日瀏海悶濕、退潮
雨後公路濕漉
今日街道
以去日王國之名爲名

# 空箱

高中時，恩師送我波戈拉的詩集，裡頭虛構出一個個腦海中的地址。有些地方空無一物，詩人說那是空箱。

空箱，上頭謄寫未來將暫居的地址，一箱箱寄出。直到大學退租宿舍、外出租屋，才曉得「自己的房間」是什麼意思。意思是，只有自己要照顧自己。但四壁皆是借來的，借來的時間，借來搬演生活的一處劇場。

那時就要搬離第一個租屋處。第一個在異鄉的、自己的房間，藏身校園對面販售小吃的巷弄上頭。不只一大面窗戶射進的光芒，每日光是聽聲音，就能知曉時間。

我曾在那房間試圖學習異邦的言語，曾在那裡繪畫，最終卻不成氣候。

我曾在那裡戀愛，又躺在那裡的床上，一個人對著電話結束一切。凌晨五點開窗，才要離開，柏油路就鋪好了。路上尚未畫線，尚未規範行走的方向，沒有嘮叨的指引。一切烏黑如劇場地板，但我才下戲，一切氣味熟悉，卻頓時擔憂記不起來。

這裡原本也是空箱，爾後盛裝我的時間與欲望，我掉落的皮屑和毛髮。探出頭，窗外比室內冷氣更涼，靜謐像全世界的凌晨五點一樣。耳後是房間迴盪你的歌，或說連同被記住的，聽見就會想起你的歌。

一邊小心翼翼、又放肆的播放樂曲，我一邊從窗外呼吸。現在的空氣還是一樣糟，像不潔的池水，只是少了小吃店的油煙味。天色已亮，清晨那樣亮，那樣普通。就要離開這只空箱，把自己寄往下一處。

我沒料到一入住新屋，冷氣就壞了。我開著電扇，但止不住身體的汗，只能就著濕透的衣衫暫且擺上藏書，掛上衣物。重新收摺衣物時，又觸見曾經的戀人，贈予我的舊衣。「給你穿吧，下次再來拿。」

不知是否哪次重新洗了一次，就此失去氣味；又或它只是淡了，混雜莫名香氣，糅合成陌生的香氣。它是如何夾在我的衣物裡頭？可還是收摺在新的衣櫃裡。還是收摺是件冬衣厚實柔軟如你，可已是陌生的香氣。

你是必須收折的冬衣，而我逃不出溽暑。空箱的空調得再等上一陣子，水電工才要抵達。那時我不知道，我將在新的箱子裡如何生活，如何做夢並實現，實現後又即將幻滅。我在空箱一個人出汗，濕透自己，混淆兩座空間的記憶。

# 卡夫卡

倫敦塔上有六隻烏鴉，牠們全被剪去了一部分的翅膀，無法飛翔。「因爲如果烏鴉飛了，大英帝國就會崩塌。」

從書上讀到這段故事，我感覺無比憂傷。我在灰濛濛的台北，寒冷潮濕的天氣，那樣異樣的體驗，與遠方的城市想像雷同。只是衣服怎樣也晾不乾，我趁著雨停，走到無人的洗衣店烘著衣服。

追尋所求，最終得以抓握手中，不代表並不悲傷。服役那時讀了卡夫卡筆下的情書，才明白我習慣的嘮叨，不敢道別，原來與卡夫卡雷同。他總在情書的最後一段，屢屢叮嚀、抱怨，最終才黏膩說著再見。

一切似乎離好起來，還有一段時間。十五歲的我曾熬過大考前的憂鬱，讀《海邊的卡夫卡》，卻忘了那些像是神話的劇情。但我記得小說裡那樣揭露，卡夫卡在捷克語裡頭，就是烏鴉的意思。飛不走的烏鴉，鎮住高塔裡的遙望。鎮住失控的迷戀，與失控的想念。

成群的烏鴉降落心底，假期時候飛走幾隻，更多時候，我不知道他們躲在塔裡的哪個角落。那一身黑的使者。也是某個雨夜，我去聽了好友的演唱會。看著他愈來愈像他自己，但我獨自在台下暗處，感覺迷惘。好友唱了他專輯裡頭最陽光的一首歌，唱歌之前，他說一切黑暗都在今年春天好了。

我又是慶幸，又是忌妒。我慶幸他脫離黑暗，我忌妒他脫離黑暗過後，就換我掉入黑暗了。但緊接著那首歌，又這樣安慰著，「沒關係，天還亮著。」那幾乎是他後來的謳歌裡頭，最光亮的一閃。他似乎見過晴天了，但我這裡還沒好轉。生活大多時候像租屋處的熱水器一樣，要冷不冷，要熱不熱。

你努力相信自己可以撐過這次淋浴，洗淨汙垢。即便好煩好煩。即便你相信，但是你相信，相信熱水快來了吧。百無聊賴時也曾問及負笈倫敦的好友，可曾見過那幾隻烏鴉，可曾見過牠們翅膀的形狀。

能不能伸手攫住牠們，在泰晤士河野放牠們，讓牠們緩緩長回翅膀，不讓人再去剪。讓牠學著飛去，最好永別。像離開監獄的囚犯互道一聲，再也不見。

# 方向燈

前車緩緩亮起煞車燈，又輕輕消去，輕輕向前，再輕輕亮起。猶疑的信號像是欲拒還迎。

我看不清楚那人車內的輪廓，下過的微雨讓細瑣斑點占據窗玻璃，越過那車前座頭枕的前景，只剩下顏色。向前傾斜的山坡路段，可以預期、卻稍稍超出預期的等待時光。

路牌告訴我來去的方向，預告選擇後的結果，甚至透露可能的測速照相。此際我靠向外側，前面的也停了。路旁就是山壁，水泥方格固定砂土，土地不動，但土地上的青苔，告訴我時間的流動。

夜晚毫無景色可言，路燈成爲光害，宅居商鋪阻擋天空，月亮在雲的後面。或者今晚根本無月。我想我們沒有要去同一個地方，只是路線恰好重疊了。直行方向只有你我兩車。出乎意料的雷同巧合，會使你擔憂我的意圖嗎？獨自行走時我曾誤會多少人，想背著我，刺殺我，綁架我。而今你會如此懷疑嗎？

顧左右而言他我打起方向燈，表明來意。如果你和我有著不同的想望，可以請你讓一讓嗎？秒數還長，我可以優雅陪你對峙，無處安放的雙手就放在方向盤上，好似我知道要去哪裡，又該如何前往。實則並不。你也是這樣嗎？

一明一滅的節拍安穩近乎詭譎，搭不上廣播裡隨性的樂曲。又不願調整呼吸心跳，讓自己妥協，趨近無機蔓延這小鎮的一種命令。像是飛蟲拍動翅膀，像是發條驅動人偶。我鬆開煞車，打檔拉起手煞車，好讓我不致向前滑落。

不致繼續靠近，就不致傷與被傷。不致扭曲我們降生此生，最初美好又精緻的流線烤漆，姑且算是安全距離。我伸長脖子，試圖越過你車頂，眺望更前方的路面。

與我們垂直的車道，幾次高速駛過的車輛，但沒人轉向這裡。他們前去何方，你又要去哪。

前往與歸來是一體兩面，一刀兩刃，一屍兩命。一半的身體趨前，另一半的身體就此停滯不前，坐等誰來超渡。這裡看出去的秒數，歸零後重新倒數一次。你也猶豫了是嗎？如果就此闖了出去，算不算違規。沒有人說好什麼，你緩緩鬆開油門，向前再向右。

可我沒有理由前進了。掉頭穿越雙黃線，往回爬上山坡，但不是爲了攀高，只因那是來的方向。現在我不記得我的來處了，也沒沿著來時路上作下記號，只知道回頭走。既然已經安然途經，必定沒有危險。是吧。

是吧，就這樣向前開著，但來時的路樹，已經老了。我看得出來他們的姿態不再熱烈，沒有夾道歡迎，只在夜色中力盡所知的義務，無有認知繼續活著，把生存過成生活。我下車跑回到派對上，大家卻已經走光。剩下的蛋糕，卻怎麼也不生螞蟻。

# 盡可能地快樂

這樣說來，人體簡直是植物了。高緯度國家的居民，冬季缺乏日照，連帶影響情緒。畢竟冬日可愛，夏日可畏，似乎只有冬季的太陽讓人舒暢，想多曝曬一些，不想躲藏。

城市天氣忽然轉寒那天，人們高興穿上時髦的外衣。溫帶的美學主宰整座世界的思想，耳邊每一句天氣好冷，都藏著快樂。我感覺自己許久沒有如此乾淨了。乾燥適切的氣溫與濕度，令人想及久未造訪的北國城市。

溽暑終於離去。想及殖民時期的殖民者，總視我島為熱帶之心，遍地種植椰樹滿足異域風情。慵懶的、病氣的熱帶，昏沉的生活像死亡一樣襲來，一夜完結。收斂的陽光讓人憐憫，無所畏懼與寬容。就連厭惡之人，也能看得見善意，在內心默默原諒曾經的冒犯與傷害。

是因爲痛夠了嗎？已經夠痛，痛得鄰近崖壁，意外眺望遠景。氤氳的霧水褪去，山谷清晰而溫和，路程還遠，卽使漫遊也需一步步走過。似乎更看得見目的，但未能達成也無妨，拜訪森林、旁觀路樹，吞飲費解茶水。不必意義先行，不必盡力觸及什麼，任由鷹隼雀鳥占卜般指引，隨機迷信風向，逕自棲息。

平凡如現實的夢，已經忘記，醒來時陽光溫和，貓靜靜看著天空，並不特別好奇。賴床知道了夢的惡意，於是靜靜走向水槽，洗淨積放的餐具。原諒自己。覺察自己好像已經好起來，好得能夠擁抱自己。

# 4 ▶

# 親愛的狐狸

# 手汗

親愛的狐狸：

原本在紙上寫些無關你的事，安排著更遠以後的事，忽然感覺手掌沾黏了什麼。紙上像受潮一般蜷起波浪，微微起伏像床褥。又流了手汗。

就想起你，總是孩子般打完電腦遊戲，便弄濕鍵盤。你也流手汗，少有的牽手時刻，我們的掌心像犬貓的鼻，逐漸變得濕潤，變得靈敏。

究竟是爲了靈敏而濕潤著，還是濕潤著所以靈敏？教室裡，植物學教授一再叮嚀：演化沒有因果。也曾和你入迷的看著尼爾·泰森的《宇宙大探索》，他在虛擬的飛船上講解人類最初是魚，促成這一切的，只是偶然。

最後一堂游泳課，測驗完的同學都走了，陳舊的露天泳池只剩我們漫遊著。那時想必也流著汗，卻沒有感覺，身體像冰磚融化在玻璃杯裡。海之所以是藍色，是因為天空是藍色。泳池的磁磚是藍色的，或說，水藍色。這下我不知道泳池之所以是藍色，是為了模仿海，還是天空。

有天我們在岸邊說話，後來我們在暗中牽手，彼此的掌紋泅泳著。迷信的人會不會說，這一切是為了紀念那池水？

# 謎底

親愛的狐狸：

又猜錯天氣。走向捷運站的路上有風吹來，涼快但帶著濕氣；列車啟動時候聽見悶響的雷鳴。我沒帶傘，希望不會下雨。我必須赴約，沒有備案。

我每天都說愛你，你不必猜測，只管相信。希望我不必猜測你的心情。希望猜測你心情的時候，我說的每個答案都是謎底。

# 木馬

親愛的狐狸：

是木馬旋轉時，萬物的殘影，讓人以爲樂園起霧了。歡快的音樂、傍晚難猜的天色，長篇小說的駭人暗示往往這樣。這樣美好，這樣駭人。

無止境的美好這樣駭人。木馬跑過原地，抵達新的原地。我要的音樂，是不死的樂手，末日船隻上，平穩而不規律的持續演奏下去。

如果沒有終點，就計算不出每個音節，每段樂音我們逃逸了多遠。如果只有幻象而沒有聲響，只有假期沒有末日。如果你還笑著，就這樣永劫一般，永遠暈眩下去，我在你後側，等你回頭。有何不可。

那我們就不回草原了。

# 樂園

愛侶急於留念
我只想和你旁觀木馬
而不必目眩
走離打烊的樂園
搭上巴士
完成旅行

# 飛行

親愛的狐狸：

經過繁瑣的登機程序，終於可以看見停等的飛機。我忽然想起你喃喃自語的樣子，卻聽不見什麼聲音。我將起飛，離開地面，離開你的島嶼。

想起你說，街上攜手的老夫婦令你心動，覺得可愛，而那日我沒有回話。因爲我知道我很可能不是陪伴你老去的那人。

可剛我聽見老去的伴侶，彼此那樣鬥嘴，爲了彼此的行李之類，如何才能使旅程最是順暢。有那麼一瞬間，我想著如果真的跟你到老還繼續爭吵，會是如何。我能和你一同老去嗎？

我不敢說能和你多久，我只能和你一起更加年輕，成長成新的樣子。我想起你在一桌忙亂的作業中，抬頭看我，無辜而無知於我，此刻如此美麗。

我們說好不說下一秒的事情。下一秒鐘我聽見機場廣播，我將要飛行，你我就要分別。此刻，在下一秒前，離你最近的思念——這是另一種奢侈。

# 浪漫

親愛的狐狸：

我在這裡聽著香港樂團的歌，學習粵語。「浪漫就是深思熟慮後不會做的事」，是這樣的嗎？樂團「新青年理髮廳」這樣寫著。

電話裡我讀給你聽。你說哪有，浪漫是有計畫的。到底浪漫是什麼。我又問你，我夠浪漫嗎？

到底夢子口中讚歎的羅曼蒂克是什麼呢？

你熬夜和我傳訊對話時，你的浪漫又是什麼。

俗套地試圖考究字根，又問了歷史系的室友。浪漫的字根本意是羅曼語，羅馬周遭一帶的古語，後來詩人以這種語言傳頌故事，那些，羅曼蒂克的故事。

浪漫主義興起時，Romance是種想像，帶著任性與固執，也可能不明究理，或有著自己的道理。世界像Google地圖以我中心，我知道世界，我知道宇宙星辰，但我所見，都在我眼前。

所以浪漫是我想做，我就是要做。有計畫的浪漫是，我想要有計畫的這樣做，藏好意圖，頻頻暗示，然後觀察你的表情，等你的擁抱。浪漫是從羅馬流浪，睡過歷史的悲壯，起身又在世界另一方。

我在另一座濱海的城市，這裡的人不斷移動，我住在一座港口。浪漫是世界不時成爲你的投影，我站著仰望，被迷惑而想及你的座標。浪漫是生活重新對上城市的名字，若在這港那勢必像停泊的船那樣搖晃，偶有魅影。

浪漫是無論我在何處想你，你就是世界的中心。

# 入伍

親愛的狐狸：

你替我剃的平頭，我到現在還不適應，卻又喜愛自己短促堅挺的頭髮，微微流汗的時候，撫摸起來像青色的清晨草地，似乎有你等我。

想著還有你等我，我就這樣列隊，把便服醜陋地紮進褲頭，成爲沒有名字、僅有編號的兵卒了。你會記得我吧？記得我的名字，記得一切。記得我的聲音，當我日後撥打電話給你，你會接起的，是吧？

熾熱的操練場傳來乾涸的吼叫，人們開始背誦答數內容，咒語一般，沒有道理。

我不喜歡沒有道理的事情，假裝成有道理的事情。但這由不得我，我的身體禁錮，腦海自由。

我想念你，讓我們自由自在地戀愛，在我腦裡的那片草地。

# 打噴嚏

親愛的狐狸：

昨夜睡得不好，一直、一直想你。明明因爲揚起的灰塵而打了噴嚏，卻刻意迷信，讓自己相信是因爲你在想著我。

這麼想著，就連帶疲倦和想不通的煩惱睡著了。不知多久以後夢迴起身，才安定許多，月光從窗外映成樹影，聽見同袍輾轉，床鋪擠壓的微微聲響。

在營裡想起你的時候，雙眼內裏深處酸楚了起來。過往和你開心吃下果乾和酸梅，我全然不知道那些日常幸福的末端，就是想你至深的苦楚。

我希望你掛念我，快樂、而非痛苦地想著我。我在山腳的軍營向著你寫字，好像擁有了自由。

# 強風吹拂

親愛的狐狸：

被催促著大步行軍那天，強風吹拂。鄰兵的小帽被吹飛了，長官允許我們用手扶著帽簷，豔陽照在無人的廣場，沒有人抵擋著風。我記得夜裡的廣場後方，看得見熠熠的城市燈火。風是從那裡的城市吹來的嗎？

跟不上隊伍時，我像《挪威的森林》裡面的渡邊，跟不上直子散步時的步伐，跟不上直子的心。你正在那裡的城市嗎？我爲了躲避沙塵而閉上眼，淺淺地、試圖在風裡，呼吸著你的呼吸。

# 公用電話

親愛的狐狸：

一日的操課終於完結，餐後的空檔，終於能撥出電話給你。就怕你漏接，我們甚至說好了等待電話的時間。

過去何須背誦你的手機號碼，現在不一樣。我直到現在才背好你的電話號碼。面壁，對著郵箱一樣的公用電話，把過往置頂的你的名字，背誦成一串咒語。諧音、總和、或你的生日，指尖按過什麼手勢，等著接通你的聲音。

喂。今天，也很想你。

# 回音

親愛的狐狸：

營裡不時傳來槍聲，我該爲此懼怕或是安心呢？想必在我聽見時，槍砲都已擊中標的，一切只是回聲，不知延遲了幾秒。連烈日都延遲了八分鐘不是嗎？

我撇著頭，在過期的報紙上，讀見認識的記者前輩的名字。世界依舊運轉著，只有我遲了。像神話裡困於山谷的艾可，永遠複誦著，永恆延遲著。

# 一樣的天氣

親愛的狐狸：

昨晚在屋外列隊時，唯一的救贖是風吹過樹葉的聲音，我閉上眼聆聽。在這裡，眼神也被規訓著，偶爾在上坡處與星星對視，儘管不知道那星座的名字，仍能感覺被深深理解。

有時能感覺你的呼吸，知道你正好好生活著，而我也是。在營裡沒有新聞，世界唯一的紛亂只有自己的心。昨夜有星，今晨無雲，能和你活在一樣的天氣，已經相當幸運。

## 鬍渣

親愛的狐狸：

鬍渣像過剩的想法不斷增生，我習慣性地揉撫，習慣那搔癢的快感。可這一切都不被允許啊。鬍渣也是，思想也是。我已是兵，這些都必須刮除。

十幾歲第一次對鏡剃鬚以後，一切都不再柔軟了。那之後打鬧時靠在同學的肩膀，他說，不要，好刺，好像我爸。於是意識到，自己已經能夠大人一般的刺痛別人。像是第一次照見鏡子的野獸。

癢和痛只是程度上的差別而已。至今成為無名的兵，我仍偏愛刺痛自己的左手背，直到發出緋紅的疹子。我終究會忘記那些過剩的想法，但在那之前，我已經愉快地自虐了。

# 聽日

想念的終點是擁抱還是
不再想念
一天只聽一首歌
把時間過舊

並且浪擲
那聽起來行人蜂鳴

把勞動當成音樂
是比誰都認真
階梯上的陰影，仰望並
推算著那恆星
安靜燃燒了
但未曾抵達
只剩樹和汙染那麼真實

金屬號誌貼滿密語
喧譁著
我該怎麼默不作聲
就感覺想念？

想你時候你是語言
風是擁抱，電訊是吻

聽日，不說一句話
只顧旋轉
不思不想
像這世上第一個跳躍的人
以為這就是飛行，還在舞蹈

聽日無視規章
從泳池角落
游向對角的陰影

畢竟水還透明
海已結冰
燃燒時，連菸也有名字
永晝也有星星

# 解結

親愛的狐狸：

就是跟你說過的那樣，痛起來的時候，連靈魂都在受苦。單腳跺地，而擺脫不了悲傷。最終哭泣，待藥丸有果，抵銷疾厄。

玄奘橫越荒野帶回來的經書，裡頭神是這麼說——想要解脫，就用五色的絲帶，結成我的名字吧。願望實現後，請解開我的名字。

解開神的名字。這是神的願望，或說，命令。神要的不是名字，是名字能夠抵銷的苦難。再往前一點的地方，神一連許了十二個願，沒有一個是爲了自己。

用你的棕髮，打一個結，放在掌心，念念有詞。我也要許願，不計其數。願我今世度脫恐怖，無疾無厄。願我今世，終有一日，得以解結。

解我名字，亦解你名字。

# 補一句晚安

親愛的狐狸：

睡死了，對不起啊。沒說晚安，趴在床上就這樣睡了。

晚安，狐狸。現在是早安了。我這晚沒有夢，多麼完美。那麼一段時間，我連睡覺都在翻譯外電，晨起從夢裡的編輯室抽離，刷牙洗臉，前往現實的編輯室。

但這晚什麼也沒有，沒有而不感覺貧窮。意志最終還是得靠身體吧。想撐下去的時候，身體用呆滯，或呵欠告訴我，不可以呦。已經不行了。

所以星期五對你而言，就像遙遠路程最後，巷口的最後一道紅綠燈。是吧，希望每天都是星期五，有足夠的意志奮鬥，有足夠的希望：就快能休息了。

但終究更希望每天都是假期。等到數字什麼的都到齊了，想和你逃到遠方。只有少許的目的，更多的是跟你一起在路上。那感覺應該就像，目的裡總是有你。

# 占卜

親愛的狐狸：

說好一起放假，就從車站接你，荒廢要務那樣擠在單人床翻滾。擁抱。除了身體，我不知道更能穿越你的方式。

我們趁著陽光還在，到河堤散步。我說一切都要好起來了，是吧。你慈藹地看我，寬容我，接受我，兩個人的想像，像是眼前的河流，暫且看不到盡頭。

你要我站在樹下，爲我照相。我也拍你，相片放進外套口袋，我們走到那一端，差不多就該顯影了。

因爲是你，所以想聽每個瑣碎的抱怨，想陪你罵人，陪你困惑，陪你想辦法。

迴轉道上，我們拿出彼此的照片。顯影劑在我的臉頰留下深色的線條，我卻很開心。如果這是占卜，我的病痛與裂痕，全被算準。還有我發胖的臉，也因此削去大半。

我背後的樹影，樹影之後的溫暖光亮，過度曝光得像是天堂。像是有你在，你眞的在。原來這是你眼中的我，我不喜歡自己的那些部分，照片裡變得柔軟而迷人。

# 無藥可救

親愛的狐狸：

對不起，我已經無藥可救。喘著每一次呼吸，從編輯室逃逸到頂樓，穿越菸霧，在一整片衛星發射器之間，撥電話給你。

我無可救藥，講錯的話惹你生氣。可你還是等待我的允許，才終於斷了通話。我一人在麥田中央，看你的全幅投影，就這樣斷訊。最後一段影格，是你轉身離去。

你是狐狸，可我們不談豢養。那我又是誰呢？繼續戴上耳機，穿梭在一張張大耳朵之間，卻不知道世上有什麼音樂，此刻能拯救我。

可能我早就在你懷中，只是當你別過頭去，我的世界只剩寂寥的灰色大樓，鬼影幢幢。也是你勇敢凝視我，凝視我雕像般碎裂，還試著熟背每道縫隙的輪廓。是你忍住可怖的恐怖，在麥田裡呼喚我。

我已經無藥可救，站在天台上，沾上細雨。閉上眼的麥田裡，遠處的橡樹背後，我知道你還在看著我。

# 日安憂鬱

親愛的狐狸：

帶了堅固的大傘出門，穿越公車地鐵，一路抵達新聞室，卻從沒落下雨。那傘如幻肢一般疼痛，感覺自己毫無用處，我只想愛撫它，告訴它，這不是你的錯。

一天以錯誤的決定起始，這多像是對於直覺的否決。讀過的民族誌那樣記錄，獵人會以夢占卜，決定是否出動。走進森林看見鳥的飛向，由右到左，或由左到右，就寓示了獵捕的成功與否。

而今因錯估而綢繆，像是賭徒忍不住啐嘴。但一天就要開始了，我並不知曉好壞。你今天要面對的檔案數量繁雜嗎？我是大概知道昨夜裡頭，世界發生些什麼了。世界晴朗，世界並不憂鬱。

# 你不在麥田

親愛的狐狸：

我到了麥田，而你不在。有時候是這樣的。辦公室裡的報表，令你無暇顧及訊息了，是嗎？目光所及之處，你也有一攤生活要去拼湊。

我這樣進了城，而你進了鎮，各自邁入各自的原野。各自學著怎樣模仿，怎樣適宜地說話，怎樣躲藏。我無法永遠注視你，你也無法永遠注視我。

你說的，眼睛看不到的東西，我放在心上了。所以各自張羅生活時候，不時在角落的色塊想及你，想及你喜歡的，你討厭的。想及同樣的憤慨與憂愁，想及你如何拆穿我的笑話。

我在我目光所及，無可避免地想起你了。我到了麥田而你不在，但我想起你了。風吹過窸窣聲響，斜陽釀成蜂蜜。我想起你了，我金色的戀人。

# 雨備

我的愛人
你在計算些什麼呢？
雨天理應做愛，雨天以前
理應裸身擁抱
孳生渴望

喜歡嗎，我的愛人

我甚至還未習慣你的名字
暗室裡呼喚
還未定奪合宜的咒語
像透明水杯盛滿刷牙的水
愛人，我的乳名悲傷——
像個備案
不被期待
如果你在水邊說起父親我寧可
盛接雨水
你抱起來好肋骨
我抱著你跳躍，那時候整座房間
正在出生

嘈雜的遊戲玩了幾遍
人們歡快、吶喊
我們只是在房裡擁抱
在房裡撫觸並緊握
習泳一般吐納
那時還未落雨，城鎮悶熱
風扇直吹
並不習慣你的胸肺只是覺得好抱
聞一聞你長亂的髮
並不清楚頭顱上的漩渦
只是覺得

雨落下的時候
城鎮的餐館都已歇業
有可能一種樂音憂鬱
自租屋雅房傳出，試問爲此
我們將折壽幾天
愛人，我還在適應一切
適應大地遊戲已經結束
全知的預言寫在紙上
在悶濕的草皮展開

# 離開庫柏帶

親愛的狐狸：

太習慣悲傷的時候有你在，我愛的歌你也愛，喜歡的電影看著看著，竟想著你也會喜歡。如是想起你的時候抽很多菸，邊抽邊想你討厭這氣味。過去我總在抽菸後潔牙復又更衣，再以你喜歡的樣子向你承認。

現在我帶著餘燼就寢了，煙燻自己的肉身，睡夢裡醃漬成你討厭的樣子。我討厭的樣子。借來更大件的恤衫，一個人發胖，一個人撤離麥田。想是會容易一些。

那座載著航海家唱片的太空飛行器，還要四萬年才會掠過另一顆行星。上頭的皺摺，凹凸弓起的記號，還有好長一段時日，沒有指尖觸摸。彷彿一碰就回到地球的記憶，回到冷戰時代熱切的狂想，就要想起富裕歡樂的輪廓。

那時一觸即發的大戰，總也沒有開打。理想的城邦瓦解，炸毀樓房，但還炸不毀整座星球。並不發光，遙遠行星的燈火，在冰封的庫柏帶，什麼都看不見。我的來處似乎隨時都能忘記，除了軀體上的紋理。

孤寂不是漂流最可怕的事情，可供滋生的念想才是。一起哼過的哀歌，已經不可逆的成爲合唱曲，等待一整團唱詩班前來除魅。憤怒的搖滾樂，咒罵的髒話，一睜眼就是你在人群裡遲疑的眼神。

狐狸，你說麥田讓你想起我，可你讓我想起麥田。你優雅指認那些道理，待我學會之後放我離去。麥穗擋住你金色閃耀的身體，再一眨眼，只剩我一人而回音震耳欲聾。

你就送我到這裡了，太陽系之外，更遠處快要沒有引力。我背著再也不敢聽見的古謠，向另一處的光亮航行。我正行經庫柏帶，有天也會離開。這裡有些塵土，有些冷意。親愛的狐狸，我還在適應一切。

後記 ▶

一次又一次，掉進一樣的窟窿。忘懷不了的糗事，後知後覺的暗傷，每一次的痛苦沒有風化的跡象，反而在每一次回想之中，訓練出更敏銳的感知。關於悲憤，關於後悔。

時間並沒有用。回憶並非線性向前。人類學家獨自造訪孤島，發覺島上唯有一片樹林，且不依時序生長，紊亂圍困可能的去向，愈發濃烈的感受成爲樹冠，遮蔽僅存的陽光。

是誰暗中煽動我推翻記憶的史觀，刺探每一回差錯，可能岔出的行蹤。有時我厭惡平行時空的說法：畫出不斷開枝散葉的路線，佐以圖庫裡每一次重大事件、乃至不重大事件的抉擇。煞有介事說著，每一次抉擇，都導向另一個世界。若眞是這樣，試問該如何計算選擇的次數？

曾經迷戀的電影結尾，準備搭上火車的男孩，已經在瞬間活過兩種可能，活過離去的，也活過留下的。最終他放任列車開動，奔向鐵道另一段，毫無邊際的荒原。

可以放棄曾經握在手心的時間，奢侈在於已經活過兩種。因爲過都過了，就能發出所有可以想及的抱怨，就可以放逐。

但那是因爲活過了。我抄下那句詩，「可是我只有現在。」聲聲呼喚，在心裡喊到啞了，我卻在某天夢見那人歸來。這是美夢。但當他告訴我，我現在只要你了，我心的幕後告訴我，現正上演無間惡夢。

幸福得足以思索不幸，就是生活。一旦太過清晰，太過氤氳，太過快樂，彷彿就會暗藏開始艱澀的笑話，崩潰這是不是眞的。前世今生我都不指望，亦不窺探。只要不揭露，就永遠是美麗新世界。

我得抵達那裡才行。這是我的行囊，複印、收折、劃去卻無法忘記，梳理毛邊過後的想望與失望，幾乎都在這裡。乾涸的火種、發潮的菸盒，不再雋永的至少都留下氣味。我用行走來等待，兜著圈子走在田野，或是迷惑的站前巷弄。背負活過的時間，兌成年歲，用現在超渡過去，卻不期盼未來。

凡存在的都消滅不了，只能與之共生。體內復辟之物，逐漸接受那是天生。說書之人掌握手法，不確定的事件可能，別太武斷，就說恐怕。恐怕還沒結束，恐怕才剛開始。恐怕不會輕易改變，恐怕沒有轉圜空間。

故事就這樣驚懼地結束了。其實不知要往哪裡去，並不眞的想動身。但隔天照常上班上課，塡充應有的靈魂，接受、對賭、或者反抗。你還有把空火柴盒抛向空中的力氣嗎？魯莽就在場上抛接。偶爾有人叫好。更多的蔑視你看不見。只記得青睞，並爲此又一次奮力做功。

冬天烈日下在草地打翻啤酒，誰也不浪費誰，誰也不欠。記得你曾爲了追憶，弄濕一手，思忖該不該伸出舌頭去舔。你耳後的音樂廉價單薄，只有這過於華貴的汁液單一無二。你曾經這麼黏膩，這麼猶豫，像個愚人，有點美麗。

看世界的方法 207

# 還不是我的時代

文字——方子齊
裝幀設計——吳佳璘
責任編輯——魏于婷

董事長——林明燕
副董事長——林良珀
藝術總監——黃寶萍
執行顧問——謝恩仁
社長——許悔之
總編輯——林煜幃
主編——施彥如
美術編輯——吳佳璘
企劃編輯——魏于婷
行政助理——陳芃妤

策略顧問——黃惠美・郭旭原・郭思敏・郭孟君
顧問——施昇輝・林子敬・謝恩仁・林志隆
法律顧問——國際通商法律事務所・邵瓊慧律師

出版——有鹿文化事業有限公司
地址——台北市大安區信義路三段一〇六號十樓之四
電話——02-2700-8388
傳真——02-2700-8178
網址——www.uniqueroute.com
電子信箱——service@uniqueroute.com

製版印刷——鴻霖印刷傳媒股份有限公司

總經銷——紅螞蟻圖書有限公司
地址——台北市內湖區舊宗路二段一二一巷十九號
電話——02-2795-3656
傳真——02-2795-4100
網址——www.e-redant.com

ISBN——978-626-95316-9-1
初版——二〇二二年二月
定價——三八〇元
版權所有・翻印必究

國家圖書館出版品預行編目（CIP）資料
還不是我的時代／方子齊 著
— 初版．臺北市：有鹿文化，2022.2
面；公分—（看世界的方法；207）
ISBN 978-626-95361-9-1（平裝）
863.55 ........ 111000046